本物のカノジョにしたくなるまで、私で試していいよ。
有丈ほえる
illust. 緋月ひぐれ

「好きな人となら、どこにいっても楽しめるわ」
如月《きさらぎ》・カレン・エミリア

倉科《くらしな》明日香《あすか》

「お願い。早くして。わたし、もう……」

「……ごめん。
やっぱ、ハズいからゆっくり」
新海《しんかい》エマ

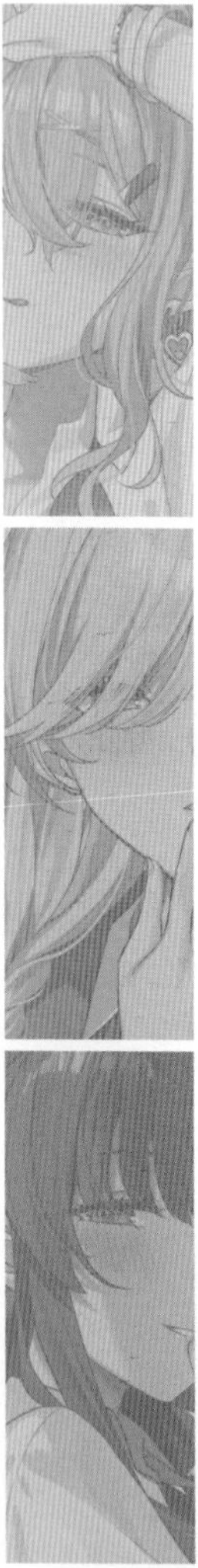

Contents

Hoeru Aritake & Higure Hizuki presents

本物のカノジョにしたくなるまで、私で試していいよ。

有丈ほえる

GA文庫

カバー・口絵・本文イラスト
緋月ひぐれ

プロローグ　僕らの季節がまた巡って

Honmono no kanojo ni shitakunaru made, watashi de tameshite iiyo.

潮風にゆれる金髪が、７月の湘南の街並みによく映える。

誰《だれ》もが彼女を見かけるたび、動くことを忘れてしまう。

ただ、当の本人は片瀬江ノ島駅におり立ってから自分が無数のひとめぼれを発生させている事態に、まったく気付いていないようだ。

「蒼志《あおし》くん、私、上手にデートできている？」

「あぁ、それなりにうまくやれてるんじゃないか？」

どこか不安げなサファイアの瞳《ひとみ》に答える。

ガラス張りのカフェに映る俺《おれ》たちの姿はまだ少しぎこちなくて、付き合いたてのカップルに見えなくもない。

そう、存在するだけで街をざわつかせてしまう日本とドイツのハーフ美少女——如月《きさらぎ》・カレン・エミリアは俺の彼女なのだ。

「それなりじゃいや。だって、今は、私が蒼志くんの本物の彼女なんだから」

「……そうだったな」

違和感のある言い回しだったものの、俺はすんなりと頷《うなず》いた。

これは、俺とカレンの共通認識だ――今はこうして恋人のように寄り添っているけど、明日はどうなっているかわからない。

「本物の彼女みたいにふるまうには、どうしたらいいのかしら？」

「欲をいえば、距離感がまだ他人行儀かもな」

アドバイスを送ると、遠慮がちに華奢《きゃしゃ》な肩をぶつけてくる。

適当にぶらつかせた手の甲が、同じ夏の中にいるとは思えないカレンのひんやりとした素肌に一瞬だけ触れた。

青い瞳が、恥じらいを強気で包み隠したような視線を送ってくる。

「……これならどう？」

「あぁ、本物のカップルみたいだな」

しゃれた通りを抜けると、ヤシの木の向こうに海原が広がった。

弁天橋がつなぐ江の島では、青空を背景にして江の島シーキャンドルがそびえている。

改めて、これが普通のデートだったら、どんなによかっただろうと思う。

「まだ慣れないか、カレン？」

「正直、こんなの慣れるとか、慣れないとかの話じゃないわよ」

カレンが硬い表情を向けた先に視線をやる。

そこには、カメラがあった。カメラを抱えた大人がいた。

他にもマイクを抱えた大人、「自然な笑顔で会話」と記されたカンペを指し示す大人——俺たちは多くのスタッフに囲まれながら、デートスポットを歩いていた。

スタッフが着用するTシャツにプリントされた「ボクセツ」という文字を目にして、一瞬だけ苦い気持ちになったものの——

俺は、カレンとの普通じゃないデートに意識を戻した。

第一章　純潔、襲来

Honmono no kanojo ni shitakunaru made, watashi de tameshite iiyo.

ちょっとした待ち時間を、最高の贅沢に変えるものとはなんだろう。

ゲームをインストールしたデバイスや、待ちに待った小説の新刊——思い浮かぶものは数あれど、不動蒼志《ふどうあおし》の最終結論は違う。

この世から退屈を吹き飛ばすには、倉科明日香《くらしなあすか》という美少女がいればいい。

「——どうしたの、あおくん？　わたしの顔、じっと見つめて」

真夏と呼ぶにはまだ早い時季——少しだけ涼しい風が吹く通学路で、俺《おれ》と赤信号を待つ女の子が微笑んだ。

まるで、朝ドラに出演する新人女優のように清潔感のあるルックス。

奥ゆかしい容貌なのに顔のパーツが整いすぎて、ヒロインオーラを隠しきれていない。

今すぐシャンプーのＣＭに抜擢されそうな黒髪は一本一本が細く、潮風に撫でられるたびにさらさらと音を立てるようだ。

なびく髪に目をすがめる表情、少し困ったようにすぼめた華奢《きゃしゃ》な肩幅、バッグを行儀よく両手でもつ仕草——その一つ一つが儚げで、男心に突き刺さる。

「いやさ、明日香と登校できる幸せをかみしめてたんだ」

「ふふっ。わたし、口説かれてる？」

「想像にお任せする」

路面区間を走る江ノ島電鉄が、俺たちを追い越していった。

干物を並べる老舗の鮮魚店をすぎたところで、いつもの路地を曲がる。

その先には、異常なほどの人だかりができていた。

この日のために、おしゃれをした女子たちが鼻息荒く待ち構えている。

負けず劣らずの規模で集まっている男子は、一人残らず明日香のファンだろう。

同じ通学路を使い続けるとこんなふうに近所迷惑になってしまうため、俺たちは定期的にルートを変更する必要があった。

学園へは少し遠回りになるけど、迂回路を進むことにする。

「俺がイケメンすぎるせいで迷惑かけて悪い」

「そんなセリフを嫌味なくいえるのは、あおくんくらいだと思うよ」

同じくらいモテる明日香だからこそ、口にできる冗談だった。

「あおくんって、学園に友達ほとんどいないもんね。モテすぎて男子からは目の敵にされてるし、今までふってきた女子には恨まれてるし」

「……ポンポン痛くなってきた」

顔がよければバラ色の高校生活を送れるとかほざいたやつ、でてこい。ここに誰からも好かれたあまり、誰からも嫌われたクソデカエビデンスがいるぞ。

でもまぁ、俺のことはどうだっていいのだ。

「朝っぱらから、玉砕上等の告白百人組手が開催されるよりはいいだろ」

「あおくんは優しいね。私が危ない目に遭いそうになるとエスコートしてくれる」

「明日香はイイ女だけど、男を見る目だけは残念だよな」

「そんなことない。あおくんは優しいよ」

言葉だけじゃ足りないと思ったのか、明日香は俺の腕に優しく指をかけた。

「地球上のみんなに嫌われたって、あおくんにはわたしがいる」

エナジードリンクを販売している会社は、一刻も早く明日香の声に含まれている特別な成分を配合した方がいい。どんな状況でも、生きる気力が湧《わ》いてくるから。

「まぁ、俺のSNSに飛んでくるクソリプの大半が、明日香に関《かか》わるなっていう内容なんですけどね」

「それは、しーらない」

明日香がいたずらっぽく笑いかけてきたものだから、青春映画のワンシーンに紛れこんだような錯覚に陥《おちい》る。

やがて、学園の校舎が見えてくると、明日香が「あっ」と声をあげた。

「どうした、明日香？」

「あおくん、ネクタイがゆるんでるよ。だらしないなぁ」

そうするのが当然だというように、明日香はネクタイを締め直してくれる。

「はい、できたよ。あおくん、格好よくなった」

「サンキュ」

「わたしの整容検査もお願いできる？」

腕を広げながらこてっと首を傾げる、ナチュラルあざとい美少女をまじまじとながめる。

今の明日香は、「男子だったら１００人中、１００人がお近づきになりたい黒髪清楚《せいそ》ＪＫ」というビジュアルを完璧《かんぺき》に体現していた。

無論、ケチをつけるところなんてなかったものの――

「おやぁ？　リボンが傾いてるぞ。ネクタイを締めてくれたお礼に直させてくれ」

「はいはい、あおくんに聞いたわたしがバカだった」

細身の体には不釣り合いなほどブラウスを押しあげる胸元《むなもと》へ伸びる魔の手を、明日香はひらりとかわす。

だけど、遠くには逃げない。その気になればつかまえられる距離でくすくすと微笑む。

「人目のあるところで、女の子に触れようとするなんて感心しないよ？」

その清純なふるまいに、煩悩に負けた男子高校生（匿名希望）の心は浄化されていく。

人間として格の違いを見せつけられ、俺は白旗をあげるしかなかった。

「今日も、明日香は完璧に清楚だよ」


新学期の学園は、期待と緊張がないまぜになったサイダーのような有様だった。

「同じクラスになれてよかったね、あおくん」

「俺の青春が輝くかどうかは、明日香にかかってるといっていい。頼んだぞ」

「あおくんだったら、いくらでも女の子を調達できそうだけど——いいよ、任された」

新クラスの黒板には、チョークアートで「祝、新シーズン開幕！」と描かれていた。

自分の席に腰をおろした俺は、フェス会場のごとくカオスな教室をながめる。

並べられたどの机にも、ＧｏＰｒｏカメラが設置されていた。

クラスメイトたちが着る制服のデザインはどれも違っていて、統一感の欠片《かけら》もない。

男子の髪型はツーブロックマッシュや韓国風センターパートにセットされ、女子はスカートを限界まで短くして前髪の透け感に命をかけている。

校則に中指を立てるかのごとくアクセサリーだってギラギラの、ジャラジャラだ。

その時、異常にまみれた教室にはつらつとした声が響いた。

「やほ！　蒼志じゃーん！　どーよ、アオハルしてるぅ？」

死角から、いきなり女の子の顔が割りこんでくる。

しかも、そんじょそこらの美少女が束《たば》になっても敵《かな》わない天下無双の顔面が。

「エマか。おはよう。今シーズンもよろしくな」

「エマたそと会えたのに、テンション低くなーい？」

「それはオーロラとか初日の出と肩組んで、写真撮ったやつの発言だぞ？」

「そりゃそーよ！　あたしみたいな国宝級美少女、北極を探しても富士山のてっぺんを探してもいないんだから！」

普通なら鼻につく発言なのに、自己肯定感カンストギャルは嫌味なくいってのける。

新海《しんかい》エマは、超がいくらついても足りないほどの美少女だ。

といっても、その美しさのベクトルは、この学園における清楚のアイコンである明日香とは正反対だけど。

インナーカラーを入れた、自分が主役だといわんばかりの派手髪。ヘアセットはもちろん、制服の着崩し方もこだわり抜かれ、日々の研究の賜物であろう最先端のメイクは、神様から愛されすぎた美貌をさらに際立《きわだ》たせている。

だからこそ、ド派手な女子が闊歩する教室でも、エマは常にスポットライトを浴びているように映る。

さっきから、男子たちのうらめしい視線を感じるけど、俺は素知らぬ顔で美少女と会話するという人生で最も有意義な時間を楽しむことにした。

「お前さ、全人類が朝からぶちあがったギャルのノリについてけると思うなよ？」

「まったく、蒼志はしょうがないなぁ。特別だよ――ほいっ☆」

突拍子もなく、エマはあざといポーズをとりながらキメ顔をしてみせた。

「蒼志に元気のおすそ分け。エマたそのレベチな顔面でテンションあげてこ？」

「あのなぁ、そんなんじゃ――あれ？　気分よくなった。エマ、ジョギングいかないか！」

「あはは！　蒼志のなんだかんだノリいいところ、ちゅきー！」

エマは気軽にじゃれ合うことができる、俺にとって数少ない友人の一人だ。

光のギャルの寛容な心は、こんな偏屈な人間も受け入れてくれるらしい。

俺とエマが話しこんでいると、明日香もやってきた。

「エマ、おはよう。これから、よろしくね」

「あしゅ、やほ！　今日も清楚なのに、エッでえらい！」

「ふふっ。それ褒めてる？」

明日香とエマの二大モテ女が集結したことで、俺の席がカーストの中心地になる。

ちなみに、エマは仲がいい明日香のことを「あしゅ」と呼ぶ。

すると、放っておけば永遠に騒いでいそうだった教室中の女子たちが、恋する乙女の顔になっていることに気付いた。

クラスへ颯爽と入ってきたのは、王子様というべきルックスを誇る超絶イケメン。

自分の容姿にうぬぼれているわけじゃないけど、俺が明確に顔面の出来で負けたと思ったのは後にも先にもこの男だけだ。

そして、同時に性格に難がある俺と、長いこと友達でいてくれる聖人でもある。前世で、三回ほど世界を救っているに違いない。

世羅春磨《せらはるま》――それが、俺じゃ足元にもおよばないイケメン超人の名前だ。

「おはよう、蒼志。同じクラスになれてうれしいよ」

「そういう言葉は、女子にかけてやれ。彼女候補を一人損したぞ」

幾度か目を瞬かせ、春磨は少女漫画の大ゴマに描かれそうな笑みを浮かべた。

「さすがの僕も、蒼志を相手にエマや明日香を奪うのは骨が折れるかもね」

「やめてくれ、お前なら普通にやりかねない」

「聞いた、あしゅ？　春磨と蒼志のイケメンツートップと三角関係になれるとか、女子として最高のシチュすぎん？」

「うん、わたしを失って、どん底に落ちるあおくんも見てみたいな」

清純可憐な笑顔のまま、明日香はわりとえげつないことを口にする。

その時、ホームルームの開始を知らせるチャイムが鳴った。

「そろそろ、始まるね。エマも明日香も、これからよろしく」

「おけ！　対よろってことで！」

「こちらこそよろしくね、春磨くん」

あいさつを済まして解散する。

そして、全員が席に着いたのを見計らったかのように教室の戸が開いた。

勢いよく姿を現したのは、担任ではなく――今をときめく、お笑い芸人だった。

「さぁ、いよいよ、『僕らの季節』新シーズンが開幕しました！　みなさん、アオハルの楽園で、運命の恋を見つける準備はできてますか⁉」

クラスメイトのテンションがぶちあがり、爆発《ばくはつ》みたいな歓声が巻き起こる。

いつの間にか、教室の隅にはカメラを抱えたスタッフたちがスタンバイしていた。

そんなお祭り騒ぎの最中、俺は冷めきった表情で頬杖《ほおづえ》をついたのだった。

恋愛リアリティーショー。

略して、「恋《れん》リア」と呼ばれる番組をご存じだろうか？

男女の恋愛模様を見せるコンテンツで、休み時間ずっと話題にあげているやつがいると思えば、縁がないやつは一生見ることがないというクラスの派閥が真っ二つに分かれるアレだ。

ネットTVで毎月のように新作が配信され、同じ数の番組が終焉を迎える今、恋リアというジャンルは戦国時代に突入した感がある。

その中でも、『僕《ぼく》らの季節《きせつ》』――通称、ボクセツは高校生の青春をテーマに据え、瞬く間にモンスター番組へなりあがった。

今や、ボクセツは社会現象というべき人気を誇っている。

多くの高校生たちが部活や勉強を放棄してまで、ボクセツの出演を勝ちとるためのオーディションに身を投じているというのは有名な話だ。

そして、俺がいる教室こそが、熾烈な選考を勝ち抜いた全国屈指の美男美女が運命の恋を見つけるために集うアオハルの楽園――ボクセツの撮影現場だ。

当然ながら、この学園に教育機関の機能はない。

番組が買いとった廃校を丸ごとリノベーションした、広大な撮影スタジオだ。

ボクセツは地元の高校の制服を着用しての出演を求めているから夏服のデザインはばらばらだし、目立ってなんぼの恋リアに校則なんて無粋な縛りは存在しない。

大人たちが眉《まゆ》をひそめるような、この頭の悪い格好が俺たちの正装だ。

「さて今、この教室にいる約30人のクラスメイトが、みなさんの恋人候補です！」

ＭＣの言葉に、メンバーたちは期待がこめられた視線を交わす。

「理想の相手を探し、仲を深めてください。体育祭や文化祭というイベントは、クラス間での交流が発生しますので運命の恋人を見つけだす大チャンスです。もし、みなさんが恋人になりたいと思える相手ができた時は、告白を申してでてください。もちろん、今シーズンも告白はボ、、、、、、クセツシートで行われます！」

その言葉が聞きたかったとばかりに、教室中のテンションが跳ねあがる。

ボクセツシートとは、学園の屋上に一つだけあるベンチだ。

告白を決心したメンバーは、このベンチに恋焦《こいこ》がれる相手を呼びだし、思いの丈を打ち明けるルールになっている。

かつて、伝説のカップルが生まれた場所であり、衝撃的な恋の終わりを迎えた場所でもあり——数々の名シーンを刻んできた、ボクセツの聖地だ。

ボクセツに出演していて、ボクセツシートに特別な感情を抱かないやつはいない。

俺だって、あそこで起こった出来事を忘れられない一人だ。

「告白が成功した場合、二人は晴れてカップルとなります。今シーズンも、多くの幸せなカップルが生まれることを祈っています」

もう飽きるほど聞いたルール説明に終わりの兆しが見えて、俺は気をゆるめかけた。

だけど、予想を裏切ってＭＣの話は続いたのだ。

「実は、飛びこみで参加を決めた新メンバーが教室の外で待ってます！」

この展開は、ボクセツに出演して初めて遭遇するパターンだった。

俺は複数シーズンにまたがって参加してきた継続メンバーだから、さっきのルール説明も聞き流していた。

番組名に季節というワードが入っているだけあって、ボクセツのシーズンは春夏秋冬で区切られる。奇しくも、俺や春磨、そして、明日香とエマも去年の夏からボクセツに出演しているからもう一年選手だ。

だけど、不真面目《まじめ》な俺と違って、MCの話を食い入るように聞いている連中もいる。

当然だ。彼らは、初めてルール説明を耳にするのだから。

そう、今シーズンから出演が決まった新メンバーたちは、すでに教室にいるのだ。

ならば、外のルーキーは、どうして一人だけ特別あつかいされている？

教室が騒然とする中、MCが今日一番の声量で新メンバーを呼びこんだ。

「では、入ってきてください！」

一瞬にして、教室中が静まり返る。

本能が余計な行動を遮断して、目の前に現れた少女を「鑑賞」することを選択したのだ。

見る者を感電させる鮮烈な金髪。まぶしいくらい真っ白な素肌。のぞきこんだら、二度と戻れなくなるようなサファイアの瞳。

異国情緒をただよわせているのに、どこか日本人らしさも感じるハイブリッドな美貌を誇る顔立ちはビスクドールのような無表情を貫いていた。

うんざりするような夏の暑さも、彼女の前では立つ瀬がないらしい。

別世界に身をおくように涼しげなオーラをまとって教壇に立ったのは、誰かの理想が夏服に袖《そで》を通して歩いているかのごとき金髪碧眼の美少女だった。

「では、自己紹介をお願いします」

「──はい」

ＭＣの声に、謎《なぞ》の少女が淡白に答える。

「如月《きさらぎ》・カレン・エミリアといいます。ドイツ人のパパと、日本人のママの間に生まれました。普段は、横浜にあるドイツのインターナショナルスクールに通っています」

如月と名乗った少女は、驚くほど流暢な日本語で自己紹介をしていく。

あまりに印象的なルックスも、ハーフといわれれば納得できた。

メンバーたちは、欧州の血を引いたルーキーの素性を知りたくて耳を澄ます。

だけど、如月は唇を結び、それ以上なにも語ろうとしなかった。

「あのー、如月さん？　それだけ……ですか？」

ＭＣが困惑するのも頷《うなず》ける。

初登場時の自己紹介といえば、一度しかない最高のアピールタイムだ。

だから、ギターをもちこんで生歌を披露したり、人気声優のイケボを真似したり、とにかく自分の魅力を宣伝しようとはっちゃけるメンバーが多い。

それなのに、如月はそんな俗世の些事《さじ》には興味がないといわんばかりに──

「ごめんなさい、無駄なことをするのは苦手なの」

はっきり、いってしまおう──こんなやつ、初めて見た。

恋リアとは、合理的なゲームだ。

それぞれの学校で生態系の頂点に君臨するイケメンや美少女が一堂に会する、スクールカースト全国大会というべきこの教室で、ライバルをだし抜いてモテるための技術や攻略法は確かに存在する。

その点、如月は恋リアというゲームへの理解度が、まるで足りてない。

だけど、俺はそれを愚かだとか、哀れだとかいうつもりはなかった。

むしろ、ボクセツの定石を嘲笑うような一言に痛快さを覚えたくらいだ。

「で、では、せめて意気込みだけでも頼めませんか?」

「ボクセツには、初恋を叶《かな》えにきました。みなさん、これからよろしくお願いします」

教室中の視線を集めたまま如月はスカートの端をつまみ、ほれぼれするほど優雅なお辞儀――欧州のあいさつであるカーテシーを行った。

「如月さん、ありがとうございました! では、空いてる席に移動してください!」

冷えた空気をとり戻そうとMCは大袈裟に拍手をしながら、問題児に着席を促す。

如月がこちらにやってくるのを見て、隣が空席であることに気付いた。

俺の横を通りすぎる一瞬、如月は気まぐれを起こしたように立ちどまる。

「なにか?」

「……いいえ、なにも」

それだけ口にすると、如月は石鹸の香りがする風を起こしながら着席した。

変なやつ――初対面にもかかわらず、そうこぼしてしまいそうになる。

「それでは、みなさん、ご起立ください！」

教壇に立つMCの号令で、クラスメイトたちが一斉に立ちあがる。

そして、誰にいわれるでもなく天井《てんじょう》をあおいだ――たった一人、如月をのぞいて。

きょとんとしたまま動こうとしないルーキーへ声をかける。

「如月、ホームルーム終わりの流れを知らないのか？」

「流れって、なに？」

マジか、こいつ。出演が決まってから、教育されてこなかったのかよ。

なんとなく、この珍獣めいた新メンバーが特別あつかいされている理由が見えてきた。

如月は超高校生級の美貌とハーフという希少性を見出され、本当に急きょボクセツへの参戦が決まったのだろう。

要するに運営の肝《きも》入りで「顔だけ採用」され、新シーズンにねじこまれたというわけだ。

そして、顔面さえよければ、この教室では人気者になれる可能性がある。

ならば、未来のスター候補さまに、今のうち恩でも売っておくとするか。

「とりあえず立っておけ」

疑わしそうにしていたものの、如月は俺の言葉に従って立ちあがった。

戸惑う如月を誘導するように、教室の一角に目をやる。

視界に入ったのは、天井の固定カメラだった。

「もうすぐ、合図がくる。そしたら、俺の動きを真似るんだ」

「それって、どういう――」

「いいから。説明してる暇がない」

そうこうするうちに、ＭＣがメンバーに呼びかけた。

「それでは、新シーズン開幕を祝して！　準備はよろしいですかー⁉」

さぁ、仕事の時間だ。俺は自意識を封印して「ボクセツ人格」というべき、もう一人の自分を憑依《ひょうい》させた。

アホくさいほど満面の笑みを浮かべ、正気に戻れば死にたくなるような羞恥心に襲われるポージングをとると――

「ボク、セツ！」

かけ声をあげながら天井のカメラに向かって俺も、春磨も、明日香も、エマも、その他のメンバーも、そして、見よう見真似でどうにか如月も――番組でお約束になっている、ボクセツポーズをとった。

新シーズンのキービジュアルに採用されるだろう、集合絵の撮影が無事終わる。

こうして、アオハルの楽園に再び恋が咲き乱れる季節がやってきた。

ボクセツのスタジオは本物の学校をリノベーションしただけあって、教育機関として使われていたころの面影があちこちに残っている。

俺たちがいる校長室も、そんな部屋の一つだ。

「あおくん、もうすぐ校長先生がくるよ。そんな格好だと失礼だと思うな」

休日になかなか起きてこない彼氏の尻《しり》を叩《たた》くように、明日香が優しく諭してくれる。

俺はといえば来賓用のソファに寝転んで、愛読書を読み耽《ふけ》っていた。

するとと、日課の自撮りに励んでいたエマが興味をもった猫のような目で尋ねてくる。

「ってかさ、蒼志はさっきからなに読んでるわけ？」

「ラノベだよ」

「らのべ？」

絶対になんなのかわかってない。だって、発音が完全にひらがなだったもん。

「ライトノベルの略なんだって。あおくんは、その中でも学園青春ラブコメっていうジャンルが大好きなの」

俺のことならなんでも知っているというように、明日香が少しだけ得意げに答えた。

間違ったことはいってないので、俺は口を挟まずにページを一枚めくる。

注釈を加えると俺はかなりの乱読家で、その守備範囲はラノベにもおよぶ。

そして、ラノベとなると、学園青春ラブコメ一筋というちょっと変わった人間なのだ。

今、読んでいるのも、学園青春ラブコメの原点にして頂点というべき名作だった。

すると、学園一のイケメンも反応する。

「でも、蒼志って暇さえあれば、そういう本を読んでるよね？　今度、僕にもおすすめを貸してくれない？」

「やめとけ。多分、春磨の趣味には合わねえよ」

「でも、蒼志は夢中になってるんだよね？」

「あぁ、憧れだからな」

言葉足らずであることを承知で、俺はそれ以上の説明を拒んだ。

テキストに集中しようとした矢先、校長室のドアが勢いよく開け放たれる。

「やあやあ、全員そろっているかい⁉　ボクセツの宝石たちよ！」

校長室に現れたのは、仕立てのいいスーツに身を包んだ若い女性だった。

相変らず、よく通りすぎて耳障りな声だ。一瞬で、活字を読む気が失せる。

「校長、あたしらを集めておいて遅くなーい？」

「待たせてすまなかったね、エマ。エナドリを摂取していたのさ」

この女は食料の代わりにエナジードリンクで栄養を摂取しているため、年がら年中、顔面に不健康なエネルギーがみなぎっている。

執務机に腰かけた奇人の名は貴船愛生《きふねあい》──弱冠26歳という年齢でボクセツの最高統括ディレクターに就任したエリートらしいのだけど、俺はなにかの間違いだと思っている。

普段から校長室で職務に没頭していることから、メンバーからは「校長」という愛称で親しまれている。

ボクセツの企画立案から演出まで一切合切《いっさいがっさい》を取り仕切っているため、番組の盛衰は彼女の手腕にかかっているといっていい。繰り返すが、俺は信じてないけど。

「それで、僕たちはどうして集められたんでしょうか？」

「その前に、人目を払わないと。蒼志、お楽しみのところすまないが頼めるかい？」

春磨の質問に答えた校長の視線が、こちらへ向いた。

確かに、開け放たれた窓に一番近いのは俺だ。

「へいへい」

ラノベを閉じ、白飛びするような光で満ちる窓際へ歩いていく。

窓からは、校舎の外壁に設置された巨大サイネージをながめることができた。

再生されているのは、ボクセツが大金を注《つ》ぎこんで制作したプロモーションムービーだ。

様々なメンバーが一瞬だけ登場する中、主役格としてあつかわれているのは丁度、校長室に集まっている四人だった。

春磨、エマ、明日香──そして、そこに俺を加えれば、「ボクセツ四天王」として認知される番組内人気メンバートップ4がそろい踏みとなる。

メイクを施し、異性を誘惑するような表情をつくる映像の中の自分を見たくなくて、俺はぴしゃりと窓を閉めた。

「これで満足ですか?」

「ありがとう、蒼志。さっそく本題に入ろう。今日は、君たちに渡したいものがあるんだ」

革命前夜のレジスタンスみたいな笑みを浮かべ、校長は手元の資料をアピールした。

その表紙には、「機密資料」の文字。

「――今シーズン、君たちが演じる脚本だ」

改めて、その言葉を聞くとうんざりした気分になる。

春磨たちが脚本と呼ばれたものを受けとっていく中、俺は意味がないと知りながら、せめてもの抵抗で自分から手を伸ばさなかった。

「ほら、蒼志もだろ?　撮影前に、しっかり読みこんでくれたまえ。水の代わりにエナドリを飲んで、ようやく書きあげた傑作なんだから」

「あんた、絶対に早死にすんぞ」

結局、俺の手に忌まわしいアイテムがやってきてしまった。

ボクセツとは、少年少女が恋愛に没頭するアオハルの楽園だと思われている。

だけど、その実態はまったく違う。

人気メンバーに関しては番組が盛りあがるように、ボクセツ運営が脚本を用意して恋をする相手を選定し、その関係性を管理している。

つまり、偽物の恋愛を演じることを強いられるのだ。

それを知っていてもなお、内容に目を通した俺は絶句してしまった。

「……マジかよ」

「大マジさ。今期は勝負のシーズンにするつもりだからね」

校長がにたりと笑った次の瞬間、同じく脚本を読んでいたエマも大声をあげた。

「あたしと、蒼志が急接近するってマ⁉」

「そうみたいだな」

脚本に描かれていたのは、俺とエマが恋に落ちていくストーリーだった。

だけど、青春模様に登場する人物は、俺たち二人だけじゃない。

今回の運営のご所望は三角関係——しかも、俺がエマを巡って争うライバルは、ボクセツを代表するスーパースターだった。

「まさか、春磨とエマを奪い合うことになるとはな」

「うん、僕もびっくりしたよ。お手柔らかにね、蒼志」

あくまで、春磨はにこやかに応じる。

こいつのふるまいは私欲がないように模範的で、本当の感情が読みとれない時がある。

られるのだろう。

「あっつ！　エマたそハーレム始まったって！」

陽《よう》キャを極めたメンタルだからこそ、緊迫感を帯びつつあった状況でもカットインしてこ

エマは天真爛漫な笑顔で、俺と春磨の腕にじゃれついてきた。

「二人とも俺のものになって、ボクセツ完ってワケ！」

「お前は、いつも気楽でいいよなぁ」

と呆《あき》れたものの、俺と春磨の間に立ちこめていた微妙な空気が消え去っていた。

このギャルはノリで生きているのではなく、気遣いの天使なのかもしれない。

「あしゅ、記念に写真撮ってくんない？」

「わたし？」

さっきのアゲ発言ナシ。こいつ、全身火だるまで火薬庫へ突っこみやがった！

がっしりと腕を組んでくるものだから、エマの二の腕のぷにぷにを堪能できるほどの密着状態になる。

恐る恐る明日香の顔色をうかがうと、口角がサディスティックにつりあがった。

「あれ？　あしゅ、ジェラ期入った？」

「確かに、あおくんにはわたしのこと、ティラノサウルスに見えてるかもしれないね」

……まっずいです、これ。

悪い流れを断つべく、にやにや顔で見物を決めこむ校長に話を向けた。

「なんですか、この脚本？　俺ごときが、春磨のライバルになれるとでも？」

「君をのぞいて、誰が春磨に対抗できるというのだね。いいかませ犬っぷりを期待してるよ」

「かませ犬って、はっきりいいやがった……」

この三角関係、俺のところだけ角度が貧弱すぎだろ。

「でも、ちゃんとアピってくんないと、簡単に春磨のところにいっちゃうからね？　蒼志も、本気であたしを落としにきてよ」

「脚本に春磨とお前がくっつくって明記されてるのに、どうやる気をだせっちゅーねん」

「蒼志、卑屈はよくないよ。君が思っている以上に、君はすごいんだから」

「とどめに、人間としての器の違いを見せつけないでくれ」

リアルチート主人公である春磨の前では、中途半端《ちゅうとはんぱ》なイケメンなどモブも同然だ。

すると、校長の視線が唯一、脚本を抱えたまま開こうとしない明日香へ向いた。

「明日香は、まだ復帰できそうにないかい？」

「ごめんなさい。今シーズンは、大人しくしておこうと思います」

困ったように笑う明日香の表情を見て、校長は肩を落とした。

「君をあんな目に遭わせた、私たちのことを恨んでいるのかな？」

「いいえ。もう、気持ちの整理はつきましたから。わたしとあおくんは、自分たちの意思で結ばれなかった――そうだよね、あおくん？」

苦い気持ちがこみあげてきて、「あぁ」と短い返事をするだけでも苦労した。

そう。かつて、俺と明日香はボクセツで恋人の関係だった。

丁度、去年の夏―― ボクセツの世界に飛びこんだ高校一年生の俺は、この学園で明日香と出会って一瞬で恋に落ちた。

初デートでぎこちない距離感を開けて波打ち際を歩いていた俺たちは、ひと夏を共にすごし、いつの間にか気持ちを確かめ合うように手をつないでいた。

一番好きな人の、一番好きな人になれた時は人生最高の日だった。

このまま両想《おも》いになった明日香と、ボクセツを卒業するんだと無邪気に信じこんでいた。

だけど、思いがけなく、俺と明日香のカップリングは視聴者の注目を浴びていたのだ。

そして、俺たちはボクセツ運営に見つかってしまった。

招かれた校長室で、今日と同じように脚本を渡された。

それは、運命の日だった。ボクセツの闇《やみ》に触れた日ともいえる。

俺たちは、心のどこかで違和感を覚えながら脚本を受け入れてしまった。

シーズンのクライマックス―― ひと夏の恋に身を焦がした男女が、運命の告白を行うボクセツシート。

そこで、俺は脚本通り明日香をふった。世界中の誰よりも愛していたはずの明日香を。

俺たちは本当の気持ちを裏切って、偽ることを選んでしまった。

カップル成立は当然かと思われていた俺と明日香の破局は、「ボクセツ史上、最も切ない神回」として語り継がれることになった。

皮肉なことに、その衝撃的な幕切れによって、俺も明日香も人気メンバーの仲間入りすることになったのだけど。

ここからは後から知った話で、できることなら知りたくもなかった余談だ。

ボクセツの中には番組卒業後に芸能界へ進出したり、ストリーマーとして盤石《ばんじゃく》な地位を築いたりするメンバーが存在する。

ほんの少し前は普通の高校生にすぎなかった彼らが手にした、現代の錬金術のようなサクセスストーリーを、いつしか「ボクセツドリーム」と呼ぶようになった。

そして、ボクセツは、金の卵を生みだすマニュアルを確立している。

数値がとれるメンバーは容易にカップル成立させず、番組卒業を先延ばしにする。

その上で、継続メンバーとして複数シーズンにまたがって出演させるのだ。

そして、ボクセツピラミッドの頂点——超人気メンバーにまで育った暁《あかつき》には、最高統括ディレクターが直々に脚本を書きあげ、その恋路を集中管理する。

まさに、俺と明日香、それに春磨やエマが辿《たど》ってきた出世街道だった。

多くのボクセツメンバーは、この醜悪な事実を知らない。

だけど、脚本に縛られず自由に恋ができる立場なのに、好きでもない相手と口裏を合わせてカップルになるメンバーが後を絶たない。

彼らは番組内で注目を浴びるため、より過激な恋愛を演じることに命を懸けている。

なぜ、こんな青春の地獄のような有様になったのか？　答えは呆れるほど単純だ。

この学園は、運命の恋に憧れるロマンチストが集うアオハルの楽園なんかじゃない。

本当の正体はボクセツドリームに目がくらんだ10代が、お金にならない勉強や部活を放棄して、高校生でいられる有限の三年間をベットして賭《か》け狂う遊技場だ。

初めはボクセツでも、純粋な恋愛が生まれていたんだと思う。

だけど、今や恋愛は目的ではなく、手段になり果てた。

俺たちは、投資するように偽物の恋をする。

俺たちは、不安のない将来のため大人の操《あやつ》り人形になる。

俺たちは、老後を見据えて一生に一度しかない青春を叩き売る。

何者かになる前の準備段階だったはずの高校生は「職業」となり、誰かを好きになるという奇跡みたいな気持ちは「売物」になりさがった。

この学園では、青春は死んでいる。

今日も誰かが、不動蒼志というなんの覚悟もなくボクセツドリームを叶えてしまった愚か者のようになりたくて、10代の身と心を切り売りしている。

もう、俺は青春の地獄でも、平気で呼吸ができてしまうケダモノに落ちぶれた。

だから、せめて――

「ん？　蒼志、脚本の本読みはもういいのかい？」

「いつも通りの仕事をするだけですよ」

校長との会話を適当にきりあげ、ソファのラノベを手にとった。

そして、汚濁した血を入れ替えるようにテキストを流しこむ。

明日香と幸せになるはずだった青春を、莫大なお金に代えたあの日――自分がどれほどかけがえないものを失ったのか忘れないため、俺は青春が死んだ学園で墓標を立てるように学園青春ラブコメを読んでいる。

第二章　ゴミ男による初恋の壊し方

Honmono no kanojo ni shitakunaru made, watashi de tameshite iiyo.

脚本の読み合わせを終え、俺《おれ》たちは中庭を通る外廊下を歩いていた。

間もなく撮影が始まるためか、そこら中で話し合いをしている男女の姿を見かける。

損得勘定だけで結ばれたビジネスカップルが最後の打ち合わせをしているか、よりよいパートナーを探して交渉しているかのどちらかだろう。

「わたし、この感じ苦手だな」

丁度、考えていたことを明日香《あすか》が口にしたから、俺は頷《うなず》くことで同意を示した。

「そう？　あたしは好きだけどな。お祭りみたいじゃん」

「エマのポジティブさは、僕も見習いたいな——おっと、ごめんね」

たむろしていた女子メンバーに気付くと、春磨《はるま》はスマートに身をかわした。

相手が悪いのに、感じよく笑いかけることも忘れない。ボクセツの王子様との邂逅《かいこう》に、女子メンバーは一瞬で色めきたつ。

自意識過剰ではなく、俺たちは学園中の注目を集めていた。

ボクセツ四天王がそろい踏みしているのだ。そりゃ、歩いているだけで目立つ。

男子メンバーは高嶺の花である明日香とエマに腹を空かした犬のような視線を送り、女子メンバーはワンチャンとばかりに春磨と俺に手をふってくる。

だけど、残念ながら、彼らが期待するような展開は起こり得ない。

俺たちの関係性は、この四人というクローズドな世界で完結しているから。

誰《だれ》もが憧《あこが》れるヒロインである明日香やエマから、恋人のように好かれる権利が俺にはある。

それは、脚本に描かれたフィクションとしての好意にすぎないけれど。

優越感と虚しさのカフェオレみたいな感傷に浸っていると、エマが口をぽかんと開けて足をとめていた。

「どうした、エマ?」

「蒼志《あおし》、あれなんだと思う?」

エマの視線を追った先には、尋常じゃない人だかりができていた。

騒ぎの中心に目をこらすと、金髪碧眼のハーフ美少女——すでに、学園中で噂になっている如月《きさらぎ》・カレン・エミリアを発見する。

なにが起こっているかは一目瞭然だった。

人気メンバーにのしあがるため、異次元のビジュを誇る最強助っ人を仲間に引き入れようと、男子メンバーたちが熱烈オファーを送っているのだ。

だけど、まだ如月を攻略できた男はいないようだ。

行列をつくるイケメンに次々と口説かれながら、如月は氷の無表情を溶かさず、ばっさばっさと軽薄な男どもを切り捨てていく。

アメーバのようにナンパな関係性が広がっていくアオハルの楽園で、如月は登頂を許していない銀嶺のような孤高を貫いていた。

「不思議な子だね。今まで、ボクセツにいなかったタイプというか」

「それどころか、僕の目には恋愛そのものに興味がないように映るよ」

不思議そうに小首を傾げる明日香に、春磨が答える。

「ボクセツにでるくらいだし、それはないって。蒼志、ちょっと話しかけてきてよ。あたしらのグループに引き入れようぜぃ」

「は？　なんで、俺が？」

「ああいう女がデレるのが、いっちゃんかわいいんだから」

「お前、心におじさん飼ってるのかよ」

「でもさ、蒼志、いってあげてもいいんじゃない？」

「おいおい、春磨までなんのつもりだよ？」

「如月さん、このままだと孤立しそうだし」

仮に、如月が無知につけこまれ、ゲスな連中からいいように利用されそうになっていたら助け舟をだすつもりでいた。

でも、あのたくましすぎるサバイブ能力を見るに、その心配はなさそうだ。

「いいから、さっさとスタジオに入るぞ。撮影が始まっちまう」


恋リアパートの撮影は班単位で行われる。

運営はメンバーの選出についてはランダムと説明しているけど、それは真っ赤《まか》な嘘《うそ》だ。

今朝《けさ》、ホームルームの撮影に使った教室より小規模な空間——丁度、準備室程度の広さのスタジオには、八つの机がくっつけられていた。

そのうち、三つに座っているのは王者の風格をただよわせる春磨と、ギャルマインドで場を盛りあげるエマと、それを打ち消すようにしけたツラをぶらさげる俺。

この並びが、偶然なはずがない——完全に脚本通りです、ありがとうございました。

シーズン開幕では、合コンみたいなノリでトークをしながら恋人候補を探していく。

さっき、入念に本読みしたため、操《あやつ》り人形になる準備は万全だった。

ただ一つ、懸念があるとしたら——

どんな巡り合わせか、俺の正面に座っていたのは如月だったのだ。

相変らず、嘘くさいほど整った顔立ちには、なんの感情も浮かんでいない。

もし、あの表情の額面通り、内面も落ち着き払っているとしたら大したタマだ。ルーキーが初日の撮影で、ド緊張するのは通過儀礼なのだから。

そんなことを考えているうちに、俺たちをとり囲むカメラのランプが点灯した。

その瞬間、ＯＳを再インストールするようにボクセツ人格を起動する。

このモードになると表情筋に力が入り、声にも張りがでる。

「ついに、新シーズンが始まったな」

「うぇ〜〜〜い！　みんな、夏のせいにしてどんどん恋してけ〜！」

第一声をあげていくのは、場を掌握する上で重要な一歩だ。

さらに、エマがノってきてくれたので、俺の発言が承認された空気になる。

「素敵な恋を見つけられるように、お互いがんばろうね」

そこで、真打登場——ボクセツの王が全員を気遣う発言をしたので、メンバーたちが安心して撮影に集中できる環境が整う。

俺たちがつくった流れに賛同するように、女子メンバー二人も口を開いた。

「ってか、春磨くんと蒼志くんは当然として、みんなイケメンすぎてヤバない？」

「緊張で手汗ヤバいもん！」

俺調べでは、恋リアほど「ヤバい」という単語が連呼される番組はない。

「いやいや。今シーズン、女子のレベルもバチクソ高いって」

そこで、マッシュヘアの男子メンバーがタイミングよく発言した。

「それは、うれしみ」

「でもさ、私のルックス、みんなと釣り合ってるかな？」

「釣り合ってる、釣り合ってる。むしろ、俺が恋愛対象に見られるか心配だもん」

「え？　全然、付き合えるけど」

「マジで⁉　もう一回いってくんない！　気持ちよくなりたい！」

「なにそれウケる！」

場が温まり、さっそく女子メンバーの自虐風かわいいアピールと、男子メンバーのワンチャンいけるかリトマス紙チェックが飛び交う。

歯が浮くようなチャラい絡《から》みだけど、これがボクセツの日常風景だ。

絵面を壊さないためのビジネススマイルを貼《は》りつけながら、俺はひやっとする空気が流れてくる方角へ目をやる。

如月は、ショーウィンドウに飾られたお人形のように無口を貫いていた。

メンバーと交流しようとする素振りすらない。むしろ、ブリザードのごとき話しかけるなオーラが吹き荒れていた。

こいつ、なんのため恋リアにきたんだよ。

まぁ、如月が鑑賞品に徹してくれるなら場が荒れなくてやりやすい。

「そろそろ、第一印象の話しとく？　気になるメンバーが何人いるか発表するやーっ！」

エマが、人懐っこく手を掲げながら提案する。

たった今、思いついたような口ぶりだけど、計算づくの発言だとわかった。

新海《しんかい》エマというプレイヤーは万人に愛されるために生まれてきたような容姿と、ギャルスピリッツでダイナミックに恋リアを動かす。

ゆえに、「アオハルの天才」と呼ばれる唯一無二の存在にまでのぼり詰めたのだ。

そんな人気者のオーダーが通らないわけがなく、メンバーたちも賛成の意を示す。

この手の番組を見ない人にはぴんとこないと思うけど、恋リアにおいて第一印象に触れないということは、小説でいうと主人公の名を明かさないまま物語を進めるくらい不親切な行為だ。

第一印象を明らかにしないと、視聴者は誰が誰に好意の矢印を向けているかわからないのだから。

発表は提案者から、時計回りにすることになった。

エマは心のスイッチを切り替えるように、一瞬だけ顔をうつむけ――

「――今のところ、二人かな」

唐突なエマの変貌に、その場にいる全員が息をのんだ。

さっきのかしましい印象から一変して、春磨と俺へ視線をやりながら伏し目でネイルを見つめる姿は完璧《かんぺき》に恋する乙女然としている。

相変わらず、こいつはエモい表情をつくるのがうますぎる。

「えへへ、なんかハズいね。じゃ、次は春磨――」

「一人かな」

いつも、紳士的な春磨にしては乱暴といっていいほどの即答だった。

春磨の眼差《まなざ》しは、二人きりの世界にトリップしたかのようにエマだけを射ている。

そう察するや否や、俺の中のボクセツ人格が肉体を完全に乗っとった。

「――待ってくれ。次、俺の番でいいか？」

それまで、時計回りで気になる人数を発表していた流れをぶった切る。

一応、問いかけの形をとったものの返事は求めてない。間髪を容れずに言葉を継ぐ。

本能が訴えていたのだ――ここを逃せば、スタジオを青春の空気感で満たせないと。

「俺も春磨と同じだ」

脚本だと、このシーンの不動《ふどう》蒼志は「一人」と発表するだけでよかった。

もちろん、その一人というのはエマを指しているのだけど。

だけど、今やそんなありきたりな演技じゃ済まなくなった。

なぜなら、エマも春磨も、のっけから脚本を凌駕《りょうが》するアドリブをぶつけてきたから。

だからこそ、俺は発表の順番を割りこんでまで、しかも、わざわざ春磨の名前をだして気になる相手を宣言してみせた。

完全無欠の王子様にエマを奪われてしまいそうで、いてもたってもいられなくなった男子高校生を演じるために。

三角関係の兆しを、これがほしかったんだといわんばかりにカメラが撮影していく。

こんなふうに、俺たちは息をするように偽りを演じる。

10代の瑞々しい心の反射ではなく、計算され尽くしたテクニックを駆使して誰かの胸に焼きつく青春像を描こうとする。

しかも、俺たちが売るのはただの甘い嘘じゃない。

カメラの向こうで待つ数百万の目を欺《あざむ》くための、限りなく本物に近い嘘だ。

だから、撮影中は本気でエマを好きになるし、春磨にライバル心を抱く。嘘の感情に突き動かされていることを意識しないように、自分自身すらだましながら。

時計回りで発表していく中、その順番が問題児にやってきた。

「如月さんは、どう？　気になる人いる？」

男子メンバーに話を向けられ、如月の口元の金髪がわずかにふるえた。

「気になる人はいないわ。ゼロよ」

――今なんつった、こいつ……⁉

前もいったように、積極的に恋をしようとする男女が集まっている以上、恋リアとは合理的なゲームだ。有利に試合を運ぶための戦略というものが存在する。

第一印象の受け答えなんて、その最たる例だ。

それほど心惹《ひ》かれたメンバーがいなくても、とりあえず気になる人をあげるのがボクセツのセオリーとされる。くるもの拒まず交流をもっておいて、後で玉石混交《ぎょくせきこんこう》の中から継続したい関係を吟味していけばいいのだから。

それに、気になる人がゼロだと宣言されると、男子はワンチャンもないと悟って撤退するから、その後の展開につながりづらい。

如月の行動が、まったく理解できない。

恋リアで身持ちが堅いアピールをしても、いいことなんてないのに——これは、そう、まるで心に決めた一人がいるようなムーブだ。

触れてはいけないもののように、カレンの発言はスルーされた。

「それじゃあ、私の気になる人はぁ——当ててみて！」

「えー、なにそれ」

女子メンバーの言葉に、その手できたかと察しがつく。

気になる人の数をあげるそばから、名前までオープンしようというパターンだ。

パートナーを早くつくりたいなら、このテクニックが最もコスパがいい。態度から、お目当てはマッシュヘアの男子だとわかりきっていたけど。

白けた気持ちを抱きながら、場を壊さないように立ち回ろうとした時だった。

「——そんなまどろっこしい真似しないで、名前を明かせばいいのに」

温まっていた現場が、極寒の冷気にさらされた。

タブーに触れておきながら、如月の表情に悪気はない。ただ、純粋に疑問を口にしただけといった様子だ。

だけど、指摘された女子メンバーは、そういうふうに受けとらない。

「は？　文句いわれる筋合いとかないんですけど？　ってか、やる気がないなら黙っててくんない？　どうせ、顔がいいからそこにいるんでしょ」

あーあ、フリースタイルラップ始まっちゃった。

「今、容姿の話はしていないのだけど？　それとも、私の容姿が、あなたのコンプレックスを刺激していたらごめんなさい」

「ッッ……!!　なんなの⁉　マジでキモイ！」

冷静に応戦され、さすがに女子メンバーの表情が歪《ゆが》む。

「気になる相手が一人もいないやつに、えらそうなこといわれたくないんだけど！　恋愛するつもりがないなら帰れば⁉」

「確かに、気になる相手はいないといったわ。だって、好きな人がいれば十分でしょ」

「な、なにいってんの？」

「ボクセツがどんな場所であれ、私はここにやってきた理由を貫くだけ」

そういうと、如月は神妙な面持ちで立ち上がった。

カメラ前を堂々と横切り、メンバーの位置を指示するバミリさえ無視して歩んでいく。

俺は啞然としながら、数々のルール違反を重ねる如月を見つめていた。

なぜか、如月の紺碧の瞳《ひとみ》も俺を捉《とら》えて離そうとしなかった。

そして、如月は陽光がじゃれつく金髪をなびかせ、俺の隣で立ちどまったのだ。

「不動、蒼志くん」

名前を呼んだきり、如月は胸に手を添えながら黙りこくってしまう。

緊張しているのだと一目でわかった。さっきまで、心まで凍りついた雪の精霊みたいだったのに。

だからこそ、人間くさい感情の発露が、息をのむほど鮮烈に映った。

そして、次の瞬間、無表情を崩さなかった絶世のルックスに色彩があふれだしたのだ。

微熱がかったようにうるんだ瞳に、薄桜色が差す頰《ほお》に、言葉を探すように惑う唇――その一つ一つの仕草から、狂おしいほどにサインがもれている。

「ここで出会えるのを夢にまで見たわ――私の初恋の人」

「は？　は？　は？」

言葉は耳に入っているはずなのに、理解が追いつかない。

だけど、巡る季節のように如月は待ってくれなかった。

「好きです。私を君の彼女にしてください」

丁寧にしたためられた恋文のような告白が胸を打ち抜いた。

俺と如月以外の時間がとまってしまった世界の中で、やっと理解する。

……こいつは、バカだ。とんでもない大バカだ。

告白はボクセツシートで行わなければならないというお約束も、俺は脚本で定められた恋しかしないという裏の事情も、恋人として結ばれるにしても仲良くなっていく過程がほしいという大人の都合さえすっ飛ばして——

夏の通り雨みたいに、純粋な恋心に突き動かされているのだ。

あらゆる青春に値札がつく学園で、如月だけは誰にも譲り渡す気のない「本当」を握りしめてこの場にいた。

愚かしいほど間違っているのに、それと同じくらい正しかった。

だからこそ、こんなにもまぶしく映るのだろう。

「ねぇ？」

「……なんだ？」

切なげな表情の如月に呼びかけられ、再び世界に時間が流れだす。

「告白の答えがほしい」

答え？　そんなの決まっている。

俺は如月とは付き合えない。絶対に、彼氏と彼女の関係にはなれない。

「ちょっと、君！　なに考えてるんだ！」

さすがに傍観できなくなったのか、現場監督が血相を変えて割りこんでくる。

そのまま如月の肩をつかんで、裏に連れていってしまった。

「は、離して！　まだ、蒼志くんから答えを聞いてない！」

「悪いけど、これ以上、番組を私物化させるわけにはいかない。どういうつもりか、ディレクターの前で説明してもらうよ」

校長にたっぷりしぼられるようだ。南無。

「……なんだったの、あれ」

台風がすぎ去ったような現場で、怒りを忘れた女子メンバーがぽつりとこぼした。


「はい。みんな、おろおろするのはそこまで」

その一声で、俺たちは我に返った。

異常事態だというのに、春磨は朗らかな笑みを絶やさず名前当てゲームを敢行した女子とマッシュヘアの男子に話を向ける。

「そこの二人は互いに意識していたみたいだから、ツーショに誘えばいいんじゃない？」

ツーショとは「ツーショット」の略語で、二人きりの時間をすごすことを指す用語だ。

ボクセツだけではなく、どの恋リア番組でも全体イベントで気になるメンバーを見つけ、そこからツーショに誘って仲を深めるというのが定番の流れになっている。

「じゃあ、レオ君から誘ってくれる？」

「おっけ。任せて」

打ち合わせを済ませた二人を見て、春磨は頷いた。

「それじゃ、撮影再開といこう。監督さん、カメラさん、準備いいですか？」

ボクセツを統治する王の指示のもと、あっという間に現場が立て直されていく。

最初に動いたのは、例の二人だ。

「あのさ、エミちゃん。今から、ツーショいい？」

「え、私？　うん、いいよ」

勇気をふりしぼった男子、戸惑いつつも期待を隠せない女子——きらきらした青春の空気感をまとって、二人は席を立つ。

ボクセツの嘘は、あまりにも美しい。裏の事情を知らなければ。

二人が連れ立って教室をでていったのを皮切りに、ツーショの誘いが乱舞する。

「エマ。僕とツーショにいかない？」

「春磨なら、もちろんいーよ！　対よろ！」

親しげに肩を寄せて歩いていく春磨とエマの背中を、俺は未練たらしく見つめる。

恋敵に一歩リードされた二番手くんの姿としては、妥当な演技だろう。

こうして、俺は新シーズンの初戦を終えたのだった。

ツーショの帰り待ちというのは、この世で最も虚無な時間の一つだ。

だって、他人の恋が燃えあがっている間、一人で暇をもて余してるんだよ?

春磨たちが帰ってくるまで待つ気になれなかったので、俺は早々にスタジオをでた。

適当に時間をつぶすためじゃない。やるべきことがあったのだ。

足を運んだのは校長室——その前で、動きがあるまで待つ。

やがて、校長室からでてきたのは、はちみつ色の髪を踊らせる女子。

人目を惹くルックスすぎて、一瞬で待ち人だとわかった。

「校長から、たっぷり説教を食らったみたいだな」

「あっ……!!」

俺に気付くなり氷の女王モードを解除して、サファイアの目を丸くする如月。

ゲリラ告白を敢行するほど好感度があるからだろう——俺にだけは、素顔を見せてくれるらしい。その事実に優越感を覚えないわけじゃなかった。

「なんだよ、そのお化けにでも遭遇したようなリアクションは」

「ボクセツの不動蒼志くんに、ばったり出会うなんて思わないじゃない」

「そりゃそうだ。俺を呼ぶには、それなりのギャラが発生するからな」

「なるほど。覚えておくわ。それで、いくらなの?」

「悪い。今の冗談な」

如月は口をうさぎのようにして、「そうなの？」と首を傾げる。

真面目《まじめ》か。そういえばドイツ人って、ユーモアが通じにくいって聞いたことがある。

「その……聞いていたの？」

「校長の説教をか？　まさか、そんな趣味はない」

俺の答えに、如月は安堵《あんど》したように息をついた。

気持ちはわかる。叱られる場面なんて、他人に知られたくないもんな。

「それじゃあ、私になんのご用かしら？」

「如月、俺に告白してくれたろ？　その返事をしようと思ってさ」

瞬間、形が整った如月の眉《まゆ》に緊張が走った。

「――いいわ。聞かせて」

強いやつなのだと思う。

俺からただよう事務的なムードから期待した答えは望めないと察しているのに、如月は現実を受けとめようとしている。

きっと、こいつはハーフ美少女というチート級の存在に生まれついてから、恋愛に関しては常に勝ち組に君臨してきたのだろう。

この学園でも、如月の手にかかれば落とせない男子はいない――ボクセツのしがらみでがんじがらめになった、俺と春磨をのぞいて。

如月の恋愛遍歴に初めて土をつけるのが俺だと思うと、申し訳ない気持ちになる。

でも、お前が男を見る目のなさを嘆くのは、もう少し後だ。

「こんなところで返事するのもなんだし、場所を変えてもいいか？」

「ええ。構わないけれど」

如月は「お茶しない？」と同レベルにあやしい誘い文句にほいほい乗ってくる。ほれた弱みというやつだ。

断っておくけど、これからいうことは単なる事実であって、決して自慢話じゃない。

実のところ好きが勢いあまって、俺と恋人になろうとメンバーとしてボクセツへ乗りこんできたファンは如月が初じゃない。

そんな推しかけ女子の告白を正面から断っても、諦《あきら》めてくれないことの方が多かった。

俺のために全国オーディションを突破してきた猛者なのだから、執念深くて当たり前だ。かつて、俺の彼女になれないのなら死んでやると叫んだ女子もいた。

今、涼しい顔をしているハーフ美少女も、厄介ファンに豹変《ひょうへん》する可能性がある。

「でも、どこにいくつもりなの？」

「屋上にいこうと思ってる。あそこなら景色もいいしな」

だから、如月――お前には、不動蒼志を心の底から嫌いになってもらうぞ。

長い階段が終わり、飾り気のないドアが現れた。

ノブをひねると同時に、目が覚めるような空の青が視界いっぱいに広がる。

屋上は、清涼飲料水のＣＭが撮れそうなほど爽《さわ》やかな景観だった。

遅れて足を踏み入れた如月も、屋上でひと際異彩を放つ物体に気付いたようだ。

「きゃあ！」

噴きだしそうになってしまう――如月も、そういう女子っぽい声だすのな。

夏服を踊らせて如月が駆けていく先には、寂《さび》れた観光地が苦肉の策でカップルの聖地をつくりだそうとしたみたいに、ゆめかわにデコられたベンチがあった。

あれこそが、メンバーが運命の恋人に告白をする大舞台――ボクセツシートだ。

番組を彩《いろど》る数々の名場面を生んだボクセツの聖地であり、その一方で、俺にとっては明日香と望まぬ破局を迎えた終焉の地でもある。

如月はかわいい、かわいいと頻りにつぶやきながらベンチを撫でていた。

そんなあどけない一面を目の当《ま》たりにすると、大人びて映る如月も17歳の女の子なんだなと実感できる。

「せっかくだから、座ってみたらどうだ？」

「え？　いいの？」

「ペンキ塗りたてとでも書いてたか?」

如月は「じゃあ――」とこぼしつつ、遠慮がちにちょこんと腰かけた。

「一応、如月もボクセツファンなんだな」

「当然よ。ボクセツを見ている女子で、ボクセツシートに憧れない子なんていないわ。私が座って、シートを壊さないか心配になるくらいよ」

「まぁ、今日の撮影は破壊しまくったんですけどね」

如月はなにかいいたげだったものの、思いとどまったように唇を食んだ。

きっと、校長から、うんざりするほど雷を落とされたのだろう。

それでも、間もなく赤の他人になる如月に、ボクセツの先輩としてははなむけの言葉を贈ろうと思った。

「お前さ、あんなバケモンムーブしてたら恋人探しどころじゃなくなるぞ? ボクセツの撮影は、みんな好き勝手に動いてるように見えて協調性が求められるんだから」

一息に話してしまった後で、如月の肩が落ちていることに気付く。

言葉が強かったかもしれない――俺はすぐフォローに回った。

「まぁ、如月みたいなやつにボクセツのノリに合わせろってのは、酷かもしれないけどな。ドイツとは、文化もまるっきり違うだろうし――」

「そんなことないわ。私も日本暮らしが長いから、空気を読むことの大事さは身に染みている。

この学園にいる以上、ボクセツの規律に従うべきということも」

「……へぇ」

「なによ？　意外そうな顔して」

「いや、嘘をつくような真似はしたくないって拒絶反応を示すかと思って」

「さすがに、私もそこまで頑固じゃないわ」

如月は少しだけ心外そうに、はちみつ色の髪を指先に巻きつけた。

「ドイツ人にとって、規則は黄金なの。それをわかってなお、私はいい子になりそびれてしまった。その理由がわかる？」

「さぁ？」

梅雨が明けたばかりで蒸し暑い空気に、俺の返事は白々しく響いたかもしれない。

「――Liebe macht blind。蒼志くんも馴染み深い表現に訳すと、恋は盲目」

生まれて初めて聞いたドイツ語は、神秘的な魔法の呪文のようだった。

「私はボクセツで見つけた初恋の君――不動蒼志くんしか、ほしくなかったの。他のことなんて、目に入らなくなるほどに」

なんて、ピュアな告白なんだろう。

ボクセツでよくある過剰演技や、恋リアに出演しているからには考慮せざるを得ない視聴者への意識なんて欠片《かけら》もない。

如月にとって大事なのは、思いの丈を届けたい人へ真《ま》っ直《す》ぐぶつけることなのだ。

だからこそ、如月が本気で俺に恋をしてくれていることが伝わってくる。

潮風に金髪をなびかせながら答えを待つ如月は、青春を具現化した女の子のようだ。

まるで、俺が愛読するラノべに登場するヒロインのように。

悪い気はしなかった。彼女と付き合う未来を想像してしまうくらいには。

潮時だ――そう思った。

俺はベンチに向かって歩きだし、如月の隣に腰をおろした。

「その話なんだけど、もう少し考えさせてくれないか？」

如月は言葉を失った。

そりゃそうだ。如月はこの場で、イエスかノーの答えを欲していたのだから。

わかった上でやっている。お前が不動蒼志に対して抱く幻想をぶち壊すために。

「曖昧な気持ちのまま、返事したら如月に失礼だろ？　その間は友達みたいな関係で、互いのことを知り合っていけたらと思うんだけど――どうだ？」

ゆれ動くサファイアの瞳が、「どういうつもり？」と問いかけてきている。

そうだ。気付け、如月。お前は今、「キープ彼女」というこの世で最も都合のいい存在になりかけている。

失望したろ？　腸《はらわた》が煮えくり返るだろ？　お前をこんな遠い場所まで連れてきた、初恋とやらも一気に冷めただろ？

お前が憧れているのは、肥溜めから生まれたようなゴミ人間だ。

悪いことはいわないから、さっさとビンタでもお見舞いして新しい恋を見つけろ。

俺はそれとなく頰を差しだしながら、別れの時を待つ。

「……わかった。蒼志くんがそういうのなら、待つわ」

「……は？」

言葉を失う順番が俺に回ってくる。

いやいや、わかっちゃダメだろ。そんなんじゃ、悪い男に遊ばれて終わりだぞ。

世の中の男たちが放っておかない奇跡の美少女なのに、恋愛観が幼稚すぎる。まだ天界から舞いおりたばかりで、地上の汚れとは無縁の天使をたぶらかしているようだ。

芽生えた罪悪感をふりきって、俺は二の矢を放つ。

「それじゃ、連絡先でも交換するか」

自分でいっておきながら寒気がした。

相手の憧れにつけこんで、意のままに女子を操る――こんなの、典型的な「ファン食い」の犯行現場じゃねえか。

この学園に巣食うゲスの仲間入りをした気がして、めまいがしてくる。

頼む、これ以上、俺にこんな真似をさせるな。そろそろ、夢から覚めてくれ。

最低なナンパ野郎の仮面を被りながら、そう願ったのに――

「ええ、交換しましょう」

またしても、オオカミの懐《ふところ》に、如月は飛びこんできてしまうのだ。

メッセージアプリに新しい友達が追加される。

今日、数えきれない男子がゲットしようと試みながら、誰一人として手に入れることができなかった如月の連絡先が。

如月はというと、スマホを宝物であるかのように胸へ抱いていた。

「……どうした、如月？」

「信じられないの。だって、今まで、どんなに手を伸ばしても届かなかった憧れの人の連絡先が手に入ったのよ？」

如月はかみしめるように吐息をつくと、改めて俺の目をじっと見つめた。

「――ありがとう、蒼志くん。大切にするわ」

夏色に彩られた金髪碧眼の少女は、頬を染めてはにかんでみせる。

氷の無表情が溶けて現れたのは、一生記憶に焼きつくような恋する乙女の仕草だった。

「あー、くそだる」

ぎらつく太陽にさらされて溶けそうなほど暑いのに、如月が去ってからも俺はボクセツシートから動けなかった。

惨敗だった。如月が、俺に抱いた恋心を壊すことができなかった。

ポケットからピコピコと音がして、俺は気だるげにスマホをとりだす。

予想通り、如月からメッセージが入っていた。

——今日は、ありがとう。とても楽しかったわ。

——それと、これからよろしくね。

そんな簡潔な文章の後に、かわいらしいスタンプが押された。

俺だって、底辺に堕ちたくない。

でも、こうでもしないと、このままズルズルと如月との関係が続いてしまう気がした。

だから、心を鬼にして打つ——すべてに終止符を打つ、最低な返信を。

——俺、湘南に滞在するためマンションを借りてるんだけどさ。

——次の撮影日、泊まりにこいよ。

堂々たる、ヤリモク宣言。

ファン食いを常習する害悪メンバーが、欲望を満たすために繰りだす最終奥義だ。

既読はついたものの、如月からの返信はやってこなかった。

さすがに、特大の地雷を踏んだと気付いたのだろう。

また一つ、自分の手が汚れた気がした。

でも、きっとこれでよかったのだ。

新シーズン二回目の撮影を明日に控え、俺は学園に足を運んでいた。

夕暮れに染まった校内には、撮影日ではないためメンバーの姿は見当たらない。

本来、俺もオフ日だったのだけど、友人との約束を守るためにやってきたのだ。

ちなみに、ボクセツはメンバーのために宿舎を開放していて、前乗りや撮影が長期化した際によく利用される。

ただし、稼ぎがある人気メンバーは学園近郊に第二の住まいを設けることが多い。

俺も今日は用事を済ませたら、湘南で借りたマンションに帰るつもりだった。

のだけど、俺を呼びつけた本人から、なかなか連絡がこない――あいつ、まさか約束を忘れてるんじゃないだろうな。

不安を覚えながらスマホを見つめていると、やっと通知がきた。

メッセージの内容が目に入った瞬間、背筋が凍りつく。

もう金輪際やりとりすることはないと思っていた、如月からの連絡だった。

――あれから、ずっと考えたんだけど。

考えた？　なにを？

――今、湘南に向かっているの。本当はボクセツのホテルに泊まるつもりで、ママにもそう説明したのだけど。

だめだ、如月。考え直せ。

――蒼志くんのマンションにお泊まりするわ。

さすがに。さすがに、それはないんじゃないか、如月？

男の部屋にのこのこやってきて、お気に入りのプレイリストをかけて盛りあがったり、一晩中ゲームを楽しむだけで済むと思ってるのかよ？

男からのこんな誘いに乗ったら、冗談じゃなくもってしまうんだぞ――肉体関係を。

頼むから、正気に戻ってくれ。

道を踏み外してしまった俺の代わりに、お前には真っ当な青春を送ってほしいんだ。

すると、人懐っこい効果音を伴って、またメッセージが入る。

今度は、如月じゃない。撮影日でもない学園に、俺を呼びだした張本人からだ。

――おまたせ。もう、きていいよん♥

気持ちを切り替えるため、深呼吸を一つする。

自分が蒔《ま》いた種のせいで今夜、如月がマンションにやってくる現実は変えられない。

ならば、もう一つの用事を済まして、ハーフ美少女の来襲に備えなければ。

廊下を進んでいくと、やがて、目的の教室が見えてきた。

ノックをすると、待ち構えていたとしか思えない速度でドアが開く。

「いらはーい！　エマたそのなかよちルームへようこそ！」

「帰っていい？」


「入っちゃいなよ、男子〜！」

骨の髄《ずい》まで陽キャな一言で、俺は「なかよちルーム」なる領域へ招かれた。

清潔な室内にはゆったりサイズのソファが配置され、いかにも居心地がよさそうだ。

奥には撮影に重宝しそうなパウダールームや、シャワー室まで完備されている。

目についた冷蔵庫を開けると、ボクセツがよくお世話になっている横浜の仕出し屋のロケ弁が入っていた。ここのシュウマイ弁当　イズ　世界一ウマい。

「ボクセツのスーパースターにもなると、専用の楽屋をもらえるんだな」

「校長におねだりしちゃった。あたしのお城！」

エマは「いしし」という効果音がしっくりくる、やんちゃな笑顔を浮かべた。

「ってか、蒼志も頼めばよゆーでイケると思うけど？」

「やめとくよ。校長に借りをつくると、なにやらされるかわかったもんじゃないからな」

「それはそう」

「それで？　俺はなんのためにお城へ招待されたんだ？　ひとまず、お目にかかれた麗しいお姫さまに跪《ひざまず》いておこうか」

「蒼志をナイトにするのは女子として最高の名誉だけど、それはお楽しみにとっておこうかな。今日は、別件できてもらったんだよねん」

「えーと、確か、今後の撮影で相談したいことがあるとかいってたよな?」

「そっ」

いつの間にか、ドア前に移動していたエマは、妙に艶《つや》っぽい表情で鍵《かぎ》を閉めた。

「——これで、誰の邪魔も入らない」

「妙だな。男なのに身の危険を感じるんだが?」

「性別は関係なくなぁい? 男でもセクハラされる時代なんだからさ」

「セクハラする前提で、話を進めるな」

「美少女にボディタッチされるのって、ご褒美じゃないのかぁい?」

「エマのえっち!」

エマが手をワキワキしだしたので、ノリに合わせて俺は胸を隠した。

「あはっ。リアクションかわよ。蒼志と話してるとアガるね」

「そりゃよかった。ほれてくれてもいいんだぞ?」

「本当にほれたら困るくせに」

「それは、いわない約束だ」

友達以上、彼女未満の距離感でじゃれることができるエマという女子は、俺にとってかけがえない存在だ。

「座って話そ?」

エマにうながされ、俺たちはソファに腰かけた。

肩が触れるくらい密着しても気にならない。俺たちは友達だから。

「人をダメにするソファじゃなくてごめんね」

「男をダメにするギャルが隣にいる時点で、最高以外の言葉が見つからないよ」

「えっ、好き」

「言葉が軽いんだよなぁ」

「エマたそは、手数で勝負するタイプなので」

ふにゃりとした笑顔を浮かべていたエマだったけど、タイミングを探るようにルームシューズを引っかけた足をぶらぶらさせた。

「あのさ、あたしら、ずっと友達みたいな関係だったじゃん?」

「まぁ、そうだな」

ボクセツ四天王として肩を並べながら、俺とエマは今まで番組内で絡みがなかった。

だから、エマのことを友人と思えども、恋人としては意識してこなかった。

魅力的な女の子だということは、世界中の誰よりも知っている自信はあるけど。

「でも、今シーズンだとカップルになるわけで」

「アオハルを演じる相手として、俺じゃ不安ってことか？」

「うーん、なんていうかなぁ」

エマは言葉を探すように、小さな耳につけたイヤリングに触れながら――

「あたし、コントロールできないくらい蒼志のこと好きになると思うんだよね」

光の輪を宿したエマの瞳に捉えられ、一瞬のまれてしまった。

「俺だってプロとして、お前の足を引っ張らないくらいの演技はできるつもりだ」

「蒼志はボクセツのトッププレイヤーだもん。そんくらいできてトーゼン。でもさ、そういうことじゃないんよ」

「じゃあ、どういう……？」

「あたしって、学園で誰よりも多くの恋をしてきた女なんだけど」

ボクセツがモンスター番組にのしあがった輝かしい歴史は、そのまま、新海エマというレジェンドが誕生するまでの軌跡に一致する。

エマは校長が用意した無数のロマンスを、恋心を酷使することで演じてきたのだから。

「キャスティングされたメンバーがどんなクズ男でも、その人のことを世界で一番好きになってきた。あたしの恋心は偽物だけど、ボクセツの中では本物になるってわけ」

「本物であり、偽物……」

矛盾した言葉に、俺は眉をひそめる。

「そっ。エマたそのロリ時代っておままごとが覇権コンテンツだったんだけど、蒼志もそーいう遊びしたことある？」

「あるにはあるけど……それが、どうした？」

「おままごとって、そこらへんの葉っぱが本当のお金みたいにあつかわれるんだよね。だけど、夕方になると、大切に握ってたはずの葉っぱを捨てて帰っちゃう——それが、あたしがボクセツに捧げる青春ってわけ」

「なるほど、な」

その説明で腑《ふ》に落ちた。

俺が人格を分裂させてまで、偽りの恋愛感情を本物に肉薄させる処世術を、エマも身に付けているということなのだろう。

ただし、アオハルの天才がやってのけていることは、俺の付け焼き刃的な技術よりもはるかに高度で、業が深いことは一目瞭然だった。

ゾーンに入ったエマは青春の神様を肉体におろすがごとく、どんな男の隣にいても最高の彼女を演じることができるのだから。

「でも、今シーズンはおままごとじゃ済まない」

「え？」

「だって、あたし、蒼志のいいところなんて数えきれないくらい知ってるもん。今、こうして隣り合ってるだけでドキドキするし——」

　夕日が差す部屋の中、エマの横顔が切なげな色を帯びていく。

　なにかのシグナルのように、指先がかすかに触れ合った。

「撮影が始まったら、蒼志と友達のままじゃいられなくなる」

　番組内でも、この本物の彼女としか思えない親密な表情を目にしたことがある——すでに、エマは俺への気持ちをつくり終えている。

　対して、俺は「偽物だけど本物の彼女」をインストールしたエマに圧倒されていた。

　こんなんじゃ、アオハルの天才と恋物語を演じる相手として力不足だ。

「降参だ。それで、どうすればいい？　ふがいない相方を鍛えるために、俺は呼ばれたんだろ？」

「理解が早くて助かる」

　ポートレートに残しておきたいくらいに、エマは人懐っこく笑いかけてくる。

「蒼志が、あたしを彼女として見るのに抵抗があるんだったら、今日で友達の一線を越えちゃえばいいんだよ」

「友達の一線……？」

　エマは、さっきよりぴったりと体を寄せてくる。

　ただよってくるアナスイの香水のロマンティックな香りが、脳髄を満たしつつあった。

「具体的には？」

「ふふっ、それはね――」

誘惑するような甘い声音。チャームの魔法にかかったように横顔から目を離せない。

後、数秒で二人の関係が変わってしまう――そんな予感がした。

「お菓子食べながらお話しして、もっとなかよちになろ？」

拍子抜けのあまり、「へ？」とアホっぽい声がもれてしまう。

きっと、今の俺はお預けをくらった犬ころみたいな顔をしている。

「はぁ～～～～～～～～～」

「そんな大きいため息ついて大丈夫そ？」

「誰のせいだと思ってんだよ」

「もしかして、エッな展開でも期待しちゃってましたぁ？」

「煽るな、煽るな。今の流れで、期待するなってのが無理な話だろ」

なんか、腹立ってきた。勝ち確ＢＧＭかけておいて、敗北するやつおる？

「アメちゃん、何味がいいとかある？」

「もう、なんだっていいわ」

「じゃ、あたしが一番ちゅきなのあげちゃお。蒼志、こっち向いて？」

「あ？　なんだよ――」

——ちゅ。

頭の中で真っ白なスパークが弾けた。

いい香りがする風が吹いたと思ったら、やけっぱちのように短いプリーツスカートのチェックが目に焼きつき——気付いた時には、唇がやわらかな感触に包まれていた。

水平線に夕日が落ち、電気をつけるかどうか迷う薄暮の時間帯——世界中の目を盗んで、俺はエマとキスを交わしていた。

エマは肩をつかんで、しだれかかってくる。

それなのに、俺は気の利《き》いたことなに一つできず、五指を快感の波にふるわせていた。

「んんっ——」

エマの悩ましげな声が聞こえたと思ったら、口の中になにかが侵入してくる。

それは、舌ではなかった——甘いフレーバーが香って、ふわりと鼻に抜ける。

かすかなリップノイズを残して、熱い唇が名残惜しそうに離れていく。

唖然とする俺の口の中には、キャンディが転がっていた。

エマとの初めてのキスは、はちみつレモンの味がした。

「——これで、あたしら、ただの友達じゃなくなった」

目の前では全国の男子を魅了してやまないカリスマギャルが、キス直後のとろんとした笑みを浮かべていた。

その事実にいい知れぬ優越感と、興奮を覚えてしまう。

「次、春磨にツーショで先を越されたら、爆発《ばくはつ》しちゃう魔法かけたから」

「……あぁ、そうなる自信があるよ」

自分の中に新海エマという女の子が植えつけられ、大きくなっていくのを感じた。

もっと、エマとのスキンシップがほしいと本能がごねている。

「アメちゃん、おいしおいしだった？」

「……悪い、苦手かもしれん」

「マ？　無理だったら、ぺっしていいからね」

「いや、食べ物は無駄にしない主義なんだ」

次の瞬間、俺は完全に無防備だったエマの唇を奪った。

ゼロ距離で、エマがくぐもった声をあげたのがわかる。

唇と唇が重なった瞬間、なにかの儀式のようにゆっくりとキャンディを口移ししていく。

丁度、二人の唇にはさまれて、今にも落っこちそうなアメの不安定さを楽しむ。

キャンディの甘味がぬらぬらと、二人の口元を汚していく。

一瞬だけ目を開けると、エマもこちらを見つめていた。

瞳の奥に俺と同じ悦びの火花を見つけて、目の前の少女のすべてを手に入れたような快感を覚える。

エマの腰に手を回してきつく体を抱き寄せながら、唇を押し開いてキャンディを奥地へうめこんでいく。

エマも余裕を失って、嬌声交じりの声をおさえられていなかった。

「んんっ……!! はぁ……!!」

それは、とても淫靡《いんび》な行為に思えた。エマと禁じられた遊びに興じているようだ。

息継ぎするように顔を離すと、とろけきったエマの容貌が映る。

傾いた制服のリボンに、襟《えり》からのぞくネックレス――それらに彩られた豊かな胸元《むなもと》が、いつもより早いリズムで上下している。

「一緒に舐《な》めれば、すぐなくなるだろ?」

「アメの好みは全然違うのに、キスの好みは一緒とかウケんね」

「嫌だったか?」

「ううん、もっとしたい。あたしの口の中、まだアメ残ってるよ?」

艶《なま》めかしく笑ったエマはめくれたスカートを直そうともせず、俺の腕の中でおねだりするように瞳を閉じた。

待てができない犬のように、俺はこの世で最も贅沢な誘惑に乗る。

呼吸すら後回しにして、エマと濃密なキスを交わす。

甘ったるい、はちみつレモン味をまとった舌を幾度も絡め合う。

二人の熱に溶かされたように、いつの間にか、キャンディは消えていた。

だけど、そんな些細《ささい》なことはどうでもいい。今更、とまれるはずがない。

俺は、もっとエマという極上の女の子を味わいたいだけなのだ。

神様が気を利かせてカーテンをかけてくれたように薄暗い室内へ、淫《みだ》らな衣擦《きぬず》れとリップ音が響く。

高校生らしさなんて欠片もない、劣情を満たすだけの獣のような口づけ。

俺もエマも普通の10代がするような、初心《うぶ》なキスなんて知らない。

初恋もファーストキスも、青春が死んだ学園で売り尽くしてしまったから。

だけど、偽りばかりの関係に絶望しながらも、俺たちは他人とつながりたくないわけじゃないのだ。

エマの体温に包まれていると、心が渇いていたことがわかる。

一緒にいてくれる誰かが恋しくて、気が狂いそうだったんだと思い知る。

だから、俺たちは嘘にまみれた学園で心を許せる一人を探しだし、互いに抱いた相似形の孤独を溶かすように交じり合う。

ボクセツで生き残るため歪み続けて、いつしか青春のケダモノになり果てた俺たちはそんなふうにしか、この体を根城にした空虚さを慰めることができない。

不純で、ねじ曲がっていて、世界中から白い目で見られようが――これが、高校生らしいおおよそすべてを奪われた、俺たちの手の中に残った十円玉みたいなリアルだ。

「決めた。今シーズンは、一生忘れられない夏にしよ?」

「あぁ、エマがそういうのなら」

耳元にささやかれた声に、俺はエマの髪を撫でながら答えた。

この支離滅裂な関係が、どこに向かうかわからない。

どこかに、辿り着けるかも定かじゃない。

この日、俺とエマは偽りの恋心というリボンで、いつ解《ほど》けるかもわからない蝶結びでつながった。


「あー、まーじですっきりしたぁ!」

正面玄関で、エマはボリュームスニーカーの爪先をとんとんと打ちつけた。

「やっぱ、顔のいい男といちゃつくって最高のストレス発散になるね」

「はしたないことを大声でしゃべるな」

「エッなホテルをでた時も、こんな気持ちになるのかな? どう思う?」

「話、聞いてた?」

インナーカラーが入った髪を風に踊らせて、エマはなおも爛々《らんらん》とした目を向けてくる。

「……俺に聞くな。お前と同じ未成年なんだから」

「えー、おかしいなぁ。男子メンバーから、蒼志のヤリチン野郎はラブホに住んで毎晩違う女を呼んでるって聞いたのに」

「おいコラ。今すぐ、そいつの名前教えろ」

頬の下にえくぼをつくって、エマは愛くるしく笑った。

「でも、蒼志って紳士だよね。さっきは、エマたそのあんなところや、こんなところをお触りし放題だったのに手をださなかったし」

「母さんが食器屋を回るのが趣味でな。どんなにきれいだと思っても商品には触れるなって、躾《しつ》けられてきたんだ」

「ママのいいつけを守れて、えらい」

「……ところで、お触りＯＫだったの？」

着崩した夏服の上からでも、エマの高校生離れしたスタイルのよさをうかがい知ることができて後悔の念を覚えそうになる。

「なーいちょ♥」

「えー、教《たた》えてよぅ」

軽口を叩き合いながら、肩を並べて歩きだす。

校門まで続くアプローチからは、立派なグラウンドをながめることができた。

この学園には部活動なんてないから、人っ子一人いなかったけど。

ただ、俺たちと帰宅時間が被ったメンバーは、ちらほらと見かけた。

顔が広い上にコミュ強のエマは、そのほとんどに声をかけていく。

「お疲れー、ピ！　そっちのピもばいばーい！」

「なぁ、ピってなんだ？」

好奇心に負けて尋ねてしまう。

「ピっていえば、カレピのピしかなくなーい？」

「あぁ、なんだ。ボクセツで関係をもった男ってことか」

「そっ。元カレのうっすーいバージョンって感じ？　知らんけど」

「じゃあ、もうすぐ、俺もピの仲間入りするってわけだ」

「いやいや、蒼志は蒼志だから」

エマは簡単な数式を説明するように口にしたから、俺は目を点にする。

「実は、ピって呼んでる男子って、もう名前すら覚えてないんだよね。前に、撮影で手をつないだりしたはずなのに。だから、ピ――便利だし、男子も元カレ面できてうれしいみたいだし、今日も世界はうまく回ってんねぇ」

「アオハルの天才も大変なんだな」

「でも、蒼志の名前は、ちゃんとあたしの中にある。掃いて捨てるほどいる男子の中で、蒼志は特別なんだぜ？」

その言葉はうれしいようで、人間として不自然なことを強いられているエマのことを想《おも》うと複雑な気持ちになって、咄嗟に言葉がでなかった。

「どうせ、春磨にも同じこといってんだろ」

「男子のダルいとこでてるって。ほら、帰り道はエマたそを独占できるんだから機嫌なおちて。蒼志、ちゅきちゅき〜！」

他の女子の口から聞いたら冷めてしまうようなあざとい台詞を、こいつだけの才能としか思えないくらいナチュラルに口にしてエマは腕にじゃれついてくる。

そう、俺は訳あってエマと下校するという全男子がうらやむルーティンを手に入れてしまっていた。

「俺は幸せ者だなぁ」

「棒読みが、すぎるやろがい！」

校門をでると、速やかにマスクをつける。キャップも目深に被った。

大袈裟にいえば、俺たちは日本中に顔バレしているので気付かれたら非常にまずい。

人目を避けながら、学園前に呼んでおいたタクシーに乗った。

平塚方面へ出発して、二十分ほど車にゆられたところで駅前へ到着する。

下車した瞬間、目に飛びこんでくるシンボリックなタワーマンション――あれが、エマが湘南に滞在するために借りている住まいだ。

立地もよくて家賃は目が飛びでるくらいの額だろうけど、ボクセッドリームを叶《かな》えたエマの経済力なら痛くもかゆくもない。

「テンキュ、蒼志。ここまででいいよ」

「そうか。でも、気を付けろよ？　お前は有名人すぎて、いくら用心しても足りないくらいなんだから」

「蒼志、杞憂民すぎだって。でも、好きな人に心配してもらえてシンプルうれちい」

そういいながら、エマはひょいとマスクを外した。

露わになった口元は、いたずらを思いついた猫のようになっている。

ただし、俺にはその悪巧みまでは見抜けなかった——マスク越しにキスをされても、ただ突っ立っていることしかできなかったのだ。

「ナイトさまの送迎のお駄賃。足りる？」

「むしろ、チップの払いすぎだ。今度、ランチでもおごらせてくれ」

「次に会う約束をとりつけるのを忘れないとは、さすが天下のイケメンくん。エマたそ、狙《ねら》われてる？」

「今度は、玄関前まで送るのが目標かな。そんで最後はベッドルームだ」

「あはは。考えといてあげる」

俺の冗談が気に入ったように、エマはとびきりのウインクを披露してくれる。

「じゃね、また撮影で」

「あぁ、またな」

無邪気に手をひらひらとふって、エマはマンションへ走っていく。

さすがに過保護だと思ったものの、その後ろ姿を最後まで見守った。

すると、エマと入れ替わるように、エントランスから誰かがでてくる。

見たところ、なんの変哲もない中年男性だ。

予感なのか、嗅覚なのかわからない――ただ、そういう感覚的なものが働いて、その人物から目を離せなかった。

高級マンションでよく見かける緑地化されたオープンスペースに差しかかったところで、陰からもう一人の男が現れる。

二人は木立に紛れて密談している。友達といった雰囲気ではなさそうだ。

直感が命じるままに、俺はその様子をカメラで撮影した。

そして、スマホをポケットにしまって、マンションを後にしたのだった。

タクシーに乗り、俺が住んでいる街に到着する。

駅前におろしてもらったのは今夜、来客があることを思いだしたからだ。

素顔を隠して、スイーツ店へ入った。

ケーキを二つ注文すると、女性の店員さんが俺の顔を見てくすっと笑った気がした。

一瞬、身バレしたかと冷や汗をかいたけど、そういうわけじゃないらしい——何事もなく店をでることができた俺は、ケーキボックスを片手に首をひねる。

だけど、それ以上は深く考えず帰路についた。

街灯がぽつぽつ点灯し始めたころ、高層マンションが見えてくる。

エマほどではないけど豪勢な物件で、セキュリティが万全であることが一応は有名人である俺がここを第二の住まいに選んだ決め手となった。

指紋認証でエントランスをパスして、自室のドアに鍵を差しこむ。

だけど、それを回す必要はなかった。

「——おかえり、あおくん。遅かったね」

俺を迎えにでてきてくれたのは明日香だった。

「ただいま。待たせて悪かった。これ、おみやげなんだけど」

「あっ——」

ケーキボックスを掲げる俺を一目して、明日香はなにかに気付いたように声をあげた。

そして、口元をちょんちょんと指差す。

——マスク……?

外したマスクを見ると、キスマークがはっきりとついていた。

リップの色で、誰の仕業か見当がつく。脳内では、アオハルの天才が小悪魔な表情を浮かべていた。

どうりで、店員さんに笑われるわけだよ！　恥ずかしっ！

いや今、気にしなければならないのはそこじゃない。

俺がリップの色でエマだと気付いたのなら、その親友がぴんとこないはずがないのだ。

「ふぅん。エマといたから遅くなったんだ」

「えーと、明日香？　これはだな……」

清楚《せいそ》という表現がぴったりな明日香の双眸《そうぼう》が月が欠けるように細くなり、今や匂《にお》いたつほどの「女」を醸《かも》しだしていた。

「――これは、きついオシオキをしなきゃだね」

残念ながら、俺に弁明の余地は与えられなかった。

玄関先で明日香に手を引かれ、連れこまれたのはベッドルーム。

「あおくん、寝て」

「わ、わかったから、少し落ち着け。俺はどこにもいかない」

いわれた通りベッドに寝そべり、俺は服従の意を示すように両手をあげる。

その様子を見て、明日香もいくらか冷静さをとり戻したようだ。

「ごめんね。お家で待っていたら、あおくんが恋しくなっちゃって……」

「いいんだ。明日香に寂しい想いをさせた俺に責任がある」

安心させるように、明日香の手に自分の手を重ねる。

明日香の手のひらは、ひんやりしていて心地いい。

「もう、明日香の好きにしていいから」

「あおくん……」

明日香は感動したように、長く豊かなまつげをふるわせる。

そして、次の瞬間、愛くるしい顔立ちにむせ返るような色香をまとわせた。

「それじゃあ、遠慮なく──」

ベッドにあがってきた明日香は、女豹《めひょう》のようなポーズですり寄ってくる。

目もくらむような美貌が、息遣いまで感じとれそうなほど接近してきた。

清楚な印象の制服と、男の寝室という組み合わせが背徳的なコントラストを形成していて、湿った期待感がむくむくと頭をもたげる。

そして、おもむろに立ち膝《ひざ》になった明日香は、俺の腰をまたいだのだ。

これが、どんなにはしたない体勢であるかは理解している。

だけど、俺たちにためらいはなかった──もう、何度も経験したことだから。

明日香のか細い指が、慣れた手つきで俺のネクタイをほどいていく。

「待った。よく考えたら、シャワー浴びてないんだが……」

「あおくん。わたし、もう一秒も我慢できないかも」

「オーケー。明日香が嫌じゃなければいいんだ」

間もなく、明日香の手によって俺はワイシャツを脱がされた。

「ほら、あおくんもわたしを脱がせて」

「仰せのままに、お姫さま」

仰向《あおむ》けの体勢のまま、清潔なブラウスへ手を伸ばす。

明日香は長い黒髪を後ろに流して、俺の指が到着するのを待ち焦《こ》がれている。

ブラウスのボタンを開ける——白すぎて光の当たり方によっては、青白く見えるデコルテがのぞく。

ブラウスのボタンを開ける——細身の体には、アンバランスなほどたわわに実った谷間が露わになる。

ブラウスのボタンを開ける——明日香のクリーンなイメージとはかけ離れた、艶めかしい黒のランジェリーが劣情を刺激する。

明日香がはだけるたびに、蠱惑的《こわくてき》な光景が広がっていく。

学園の清純のアイコンであるはずの美少女が、俺の前で淫らな姿をさらけだしていた。

「リボンは、つけたままが好み？」

「人を変態あつかいするな」

「そう？　じゃあ、外すけど？」

「つけたままでお願いします」

「素直でよろしい」

呆《あき》れたように笑いながらも、よく見えるようにリボンの位置を正してくれる。

男の趣味嗜好を天使の微笑みで受け入れてくれる明日香は、いい女の鑑だと思う。

「ねぇ、焦らさないで」

「考えてみてくれ、明日香。ヌードの女性を前にして、最高の仕事ができるのは画家だけだ。一介の高校生に、そのオーダーは酷すぎる」

威勢のいい口を叩いたものの、俺の手はボタンも外せないほどバカになっていた。

当然だろう。形の整ったお椀型のバストと、明日香のものほしそうな顔で視界が占められているのだから。

こんな天国じみた光景、一瞬たりとも目を離せるはずがない。

「お願い。早くして。わたし、もう……」

「待て。後ちょっとだから——」

ブラウスの下から三番目のボタンに手こずる。

もう少しで、世界一かわいいおへそが顔をのぞかせてくれるのに。

そして、俺は明日香の艶っぽくなっていく表情で察した――タイムオーバーだと。

次の瞬間、明日香は理性を放棄したかのように覆《おお》いかぶさってくる。

そして、甘える子猫みたいに、頰を俺の顔に寄せて親愛を表現した。

明日香の唇が首筋を伝った瞬間、快感に腰が浮いてしまいそうになる。

「ちょっと、しょっぱいかも」

「いうな。恥ずかしいから」

「癖《くせ》になったらどうしよう」

冗談っぽく笑いかけてきたのは一瞬で、明日香はすぐ中断していた行為へ耽《ふけ》った。

愛おしげに鎖骨を舐められ、ちろちろとうごめく生温かい舌先が肩に到達した瞬間――

突如、燃えるような痛みが俺を襲った。

明日香が飢えた獣のように、歯を立てたのだ。

それは、俺が望んだ苦痛だった。

あの日、決定的に汚れてしまった俺たちにとって償いの儀式――一心不乱にかみついてくる明日香の頭を、俺は慈しむように撫でる。

どうか気が済むまで、お前をひどい目に遭わせた男を痛めつけてくれ。

成就するはずだった初恋を金に代えるという、愚かしい選択をした不動蒼志を。

あれはボクセツシートで明日香の告白を断ってから、数日後のことだった。

俺は江の島の奥地——恋人の丘という場所に足を運んでいた。

見かけたベンチに、重い体を投げだすように腰かける。

小雨がふっているからか、森の広場に観光客は見当たらない。

それでも、たまに相合傘をしたカップルが通りすぎていった。

この先には、「龍恋の鐘《りゅうれんのかね》」があるため、それを目当てにやってきたのだろう。

金網にメッセージを記した南京錠をかけて二人で鐘を鳴らせば、永遠の愛が叶うという恋愛成就スポット——アニメや映画でもとりあげられたことがあるため、江の島は知らなくても龍恋の鐘自体は知っているという人も多いだろう。

俺は雨をしのぐため、制服の下に着こんだパーカーのフードを被った。

季節は、秋の足音が聞こえ始めた晩夏。

海水浴をするには肌寒く、紅葉もまだ遠い——鎌倉や江の島から最も観光客の足が遠のく時季の一つといえる。

手持ち無沙汰な時間が続いて、スマホを手にとった。

不動蒼志というワードでエゴサすると、おびただしい数の検索結果がヒットする。

ＳＮＳ上のボクセツファンは、つい先日、配信された最新話の話題でもちきりだった。

俺が明日香をふった瞬間の切り抜きが無限にアップされ、誰も彼もが神回ともてはやしている。そのおさまらない熱狂は、宗教的な香りを感じるほどだった。

配信から一夜明け――俺は大人たちからそそのかされるまま一人の女の子を傷つけ、ボクセツのスーパースターにのしあがっていた。

ふいに、スマホがふるえる。

――もうすぐ、着くから。

メッセージの送り主は、明日香だった。

ボクセツシートで別れたのを最後に、明日香とは連絡がとれなくなった。

それなのに、昨夜いきなり「会って話したい」とメッセージが入ったのだ。

断れるはずがなかった。たとえ、破局後に会うのにカップルの聖地を待ち合わせ場所に指定するという皮肉をぶつけられようとも。

間もなく、森の小道から素顔を隠した人影が現れる。

キャップとマスクをとると、俺が心から恋をした女の子がそこにいた。

「明日香……」

「急に、呼びだしてごめんね。どうしても伝えたいことがあって――」

不安と緊張の中、俺は明日香になんといってほしいのだろうと考える。

そして、はっきりと自覚した――俺はすれ違った両想いというべき関係性に明確なピリオドがほしくて、ここにいるのだと。

だから、一思いに、お前の手でトドメを刺してくれ。

「わたし、ふられてから、あおくんのこと諦めようとしたんだけどダメだった」

……明日香、なにをいってるんだ？

目元には大きなクマが浮かんでいて、かなり胡乱《うろん》とした様子だったものの、その瞳でぎらつく意思の光は本物だった。

「わたし、まだ、あおくんのことが好き。好き、好き、好き、大好き。誰にも渡したくない。わたしだけのあおくんでいてほしいし、あおくんだけのわたしでいたい」

初恋にありがちな最期を望んでいた心が、寄る辺をなくして落ちていく。

多分、俺たちは二度と会わない方がいい。

そうしないと、どこまでも依存しあって堕落してしまうから。

だけど、そんな自制心より何倍も強烈に、俺の心へ焼きついたのは悦びだった。

清純可憐な女の子を狂わせてしまった事実に、おぞましい快感を覚えてしまったのだ。

今、目の前にいるのは初恋の呪《のろ》いにかかって、壊れてしまった哀れな少女だ。

そして、俺もとっくに壊れている。

あんな結末を招いておきながら、そして、数秒前に安っぽい恋愛ドラマのような別れを望んでおきながら、小雨にふるえる明日香の体を抱きしめたいと切望しているのだから。

「あおくんは、どう？　まだ、わたしのこと好き？」

「――あぁ、今でも、明日香のことを愛してる」

嘘偽りない気持ちを白状する。

俺の言葉が届いた瞬間、明日香はたった今世界が救われたというように、どこかピントが外れた笑顔を浮かべた。

「うれしい。あたし、とってもうれしいの、あおくん」

快感の波がスカートの下にもぐりこみ、明日香の肢体がぞくぞくとふるえるのが手にとるようにわかった。

「じゃあ、責任とってくれる？　わたしを汚して、こんなはしたない体にした責任を」

俺は覚悟を決める――どこか官能的な食虫植物のように口を広げる、不埒《ふらち》な魔窟《まくつ》へ飛びこむ覚悟を。

ふと、古い映画を思いだした。

確か、最愛の人を亡くした博士が、その命をとり戻そうと死後も彼女の亡骸《なきがら》を自宅にひた隠しにしながら、研究に没頭する内容だったっけ。

物語のラストは悲惨の一言に尽きた。恋が、そして、愛が彼を死に至らしめたのだ。

似ているなと思った――息を引きとった初恋を続けるという、狂気の沙汰ともいえる選択をしてしまった俺と明日香に。

結局のところ、俺は明日香にとって理想の彼氏になれなかった。

ならば、せめて——

「今日から、俺は明日香の奴隷だ」

誓約の言葉を聞き届けた明日香はパブリックイメージとして定着していた清純の皮をかなぐり捨てて、ケダモノのごとく口を裂いて嗤《わら》った。

「これからは、誰の目にも触れないところで血まみれになりながら愛し合っていこうね」

その時、鐘の音が響いた——龍恋の鐘の音だ。

どうして、明日香がこの場所で再会を望んだのかわかった気がした。

ボクセツシートで告白に成功したカップルは、ひと夏の恋を永遠のものにするため龍恋の鐘を鳴らすのが恒例になっていたのを思い出したのだ。

明日香は五感に染みこませるように、響き渡る鐘の音に聞き入っている。

これ以上、そんな健気《けなげ》な姿を見ていると胸がつぶれてしまいそうで、ずる賢い俺は音に集中するふりをして目を閉じた。

この日、俺と明日香は途切れた初恋の両端を未練がましくもち寄って、二度と解けない固結びのようにつながった。

焼けつくような痛みが、俺を現実に引き戻す。

記憶の中の美しい少女が、俺の肩に歯を立てていた。

もう、頃合《ころあい》いだろう。俺は腹に力を入れ、馬乗りになっていた明日香を押し倒した。

「――きゃっ」

男の嗜虐心《しぎゃくしん》をくすぐるような、か細くて女の子らしい悲鳴があがる。

ベッドについた俺の手の間に、明日香の信じられないほど小さい顔があった。

最初こそ驚いた様子だったものの、やがて、包みこむような微笑みを浮かべる。

それが、「好きにして」を表す秘密のサインだった。

中途半端《ちゅうとはんぱ》に脱がしたブラウスのボタンは外さない。スカートを剝ぐこともしない。

そんなもの知るか――今は一秒でも早く、明日香とシタい。

欲望のままに、青白い血管が浮かぶ首元にかみつく。

その瞬間、明日香は恍惚とした表情で声を張りあげた。

「あっ……!!　あおくん……!!」

汚れない乳白色の肌に、歯形が残っているのを目にすると支配欲に満たされる。

互いの首筋にかみ痕を残すことが、初恋を叶えることができなかった俺たちにとって弔いの儀式になっていた。

明日香は、俺の首筋に刻まれた歯形に愛おしげに触れる。

「この痕が残っている間は、あおくんはわたしのものなんだって安心できる」

「いつだって、俺は明日香のものだ」

「言葉だけじゃいや。ちゃんと証明して」

明日香は夢を見るようにまぶたを閉じる。

俺は誘うように半開きになっている唇を奪った。

この瞬間を待ち焦がれていたように、熱を帯びた舌と舌が絡む。

全身の骨が溶けだし、どろどろになってしまいそうな快楽に身をゆだねる。

明日香は献身的にやわらかな唇と舌を差しだし、俺の貪るようなキスに応《こた》えてくれた。手のひらに愛する人を感じたくて、すべらかな黒髪を撫で回す。

素肌から立ちのぼる化粧下地の匂いも、首筋につけたジルスチュアートの香水の香りも、口づけの間にはさむ息継ぎのリズムも、なにもかも異なっていてエマとは違う女の子と情事に耽っているのだと意識してしまう。

「——エマより、いいでしょ?」

「……あぁ」

男の下心を見透かすような、それでいて、かすかに咎めるような言葉に降伏するかのごとく答える。

明日香は、いたく満足げだった。

「ふふっ。わたしはあおくんの恥ずかしいところにある黒子《ほくろ》の数も、キスのツボだって知ってるんだもん」

「明日香の前じゃ、俺なんて丸裸だな」

「わたしだって今、あおくんの前で裸みたいなものだよ？」

明日香は乱れた制服からブラとショーツがのぞく、刺激的すぎる姿だった。

「おい、清楚」

「わたしが学園で清楚なふりができるのは、ここで毒抜きしてるおかげ。本当の倉科《くらしな》明日香は不純で、はしたない女の子だもん。だから、ね――」

本性を露わにした明日香は頬を紅潮させ、夜を統べる女王のごとく凄艶《せいえん》に微笑む。

「――もっと、いけないことしよ？」

脳が飛ぶような魔性に、抗う術などなかった。


淫らな息遣いが、密室に響く。

煩《わずら》わしいことを、全部忘れて肉欲におぼれる。

いつの間にか、俺も明日香も下着しかまとってなかった。

万華鏡のごとく、めくるめく官能の時間をどれだけすごしただろう――汗だくになって行為を終えた俺たちは、クーラーの稼働音を放心状態で聞いていた。

「……思ったこと、いっていい？」

「多分、俺も同じこと考えてると思う」

「いっせーので、いってみよっか？」

「あぁ、いいよ」

二人でタイミングを合わせて――

「俺たち体の相性、最高だと思う」「わたしたち体の相性、ばっちりだね」

真面目ぶった表情で目を合わせていられたのは一瞬で、敏感な部分をくすぐられたように笑い合った。

俺が腕を投げだすと、明日香は当然のようにそれを枕《まくら》にする。

甘えるようにぴったりと身を寄せ、こちらの目を見つめながら、もう片方の手をきゅっと握ってきた。

俺はこれ以上、愛くるしい女の子の仕草を知らない。

女子というものが砂糖菓子のように無害でかわいらしいことも、時に血も凍るほど恐ろしい存在に豹変することも全部、明日香から教えてもらった。

「本物の恋人になった日の夜が楽しみだね。わたし、立てなくなっちゃうかも」

「ボクセツの脚本を演じきるまで、待っててくれるか？」

龍恋の鐘の音を一緒に聞いたあの日、俺はいくつかの約束を明日香と交わした。

ボクセツ上での関係が終わっても、人目を忍んで秘密の儀式を行うこと。俺が誰とも結ばれずにボクセツを卒業したら、正式に明日香と恋人になること。

そして、その記念日を迎えるまでは、儀式以上の行為へは進まないこと。

「今シーズンはエマと恋人を演じるから、不安にさせると思うけど」

「エマだったら浮気《うわき》を許してあげる。あの子は、ボクセツの嘘を誰より知ってる子だから。きっと、あおくんをわたしのもとに返してくれる」

頷きながら、俺の目は明日香の肩に刻まれた歯形に向いた。

「悪い。力加減を間違えたかもしれん」

「気にしないで。あおくんがわたしを強く求めてくれて、うれしかったから」

「そうはいっても、痕が残ったら仕事に支障がでるだろ？」

明日香はボクセツへ積極的に参加しなくなった分、外仕事に力を入れている。

先日も、少年週刊誌のグラビアを飾ったばかりだった。

「モデルとかの仕事で、映りこんだらどうするんだよ？」

「あおくん、今の加工の力ってすごいんだよ？」

「やだ、その話は聞きたくない。ピュアな少年の心で、グラビアを見れなくなる」

「本当に純粋な男の子は、水着を着た女子高生の写真なんて見ないと思うけど——わたしの体、グラビアとは別物でがっかりした？」

「そんなわけないだろ」

下着姿の明日香をじっくりと観察する。それは、男として最高の贅沢だった。

すらりと伸びた手足も、一切《いっさい》の油断なくくびれた腰回りも、清純で売っているはずなのに男の目を釘付けにしてやまない罪なスタイルも——グラビアで見たままの、媚薬の塊のごとき肉体がそこに横たわっていた。

「ただ、明日香のおへその形は、俺だけが知る世界の秘密であってほしかった」

「でも、そこをぷにぷにできるのは、世界中であおくんだけだよ?」

「おいおい、天才か?」

倉科明日香という女の子は清純可憐な見かけをしておきながら、その中身は男を手玉にとる天才で困ってしまう。

この劣勢を覆すにはおへそをくすぐるしかないと企てていると、コール音が鳴った。

一気に現実へ引き戻されて、気が重くなる。

「お客さん?」

「……そうみたいだな」

俺は足早にリビングへ向かい、モニタ付きインターホンの前で足をとめた。

通話ボタンを押すと、常駐しているコンシェルジュの声が聞こえてくる。

「不動様、ご学友の来客です。今夜、会う約束をしているとおっしゃっています」

「はい、間違いないです。通してください」

「誰?」

通話を切ると、俺のワイシャツを羽織った明日香がリビングへでてきていた。

「明日香、なにもいわないで、インターホンが鳴ったらでてくれないか？」

「えっ？　でも、わたし、人前にでれないような格好だけど？」

「だからこそなんだ。頼む、明日香」

明日香は最初こそ戸惑っていたものの、俺が頭をさげると「あおくんが、そこまでいうなら」と承諾してくれた。

間もなく、この部屋を訪れる人物に思いを馳せる。

今頃《いまごろ》、エレベーターに乗りこんだあたりだろうか——美しい金髪をなびかせながら。

やがて、インターホンが鳴った。

玄関から明日香が目配せしてくる。俺が頷くと、薄着のまま鍵を外し——

ドアを開けた。

「こんばんは、蒼志くん。おみやげを買ってきたのだけど——」

透き通ったソプラノが、ぷっつりと途絶える。

次に聞こえてきたのは、ひどく引きつった声だった。

「く、倉科、明日香さん……？　でも、どうして……？」

「如月さん……？　あはは、こんばんは……」

さすがの明日香も、それ以上、会話を続けることはできなかった。

タイミングを見て、俺も玄関へでる。

迷子のように弱々しい如月の眼差しが、すぐこちらを射た。

如月は一つ、一つ拾いあげるように残酷な現実を理解している最中なのだろう。

インターホンを鳴らしてでてきたのは下着姿の明日香、そして、気まずそうに顔をだした俺——瞳をふるわせる如月の手の中に組みあがったのは、純粋な恋心を木っ端微塵《こばみじん》にする汚らわしい爆弾だった。

また一つ、世界から初恋が息を引きとった。

声にならない声をあげ、如月は涙を散らしながら走りだす。

——ごめん、如月。これからは、くだらない男に時間を浪費するんじゃないぞ。

わかってもらおうとは思わない。でも、これは必要な通過儀礼だ。

「んーと。もしかして、わたし、悪者にされちゃった？」

「マジで悪い。でも、これ以外、如月が諦めてくれる方法が思いつかなかったんだ」

「如月さん、あおくんの推しかけメンバーだったんだ」

俺の言葉に、明日香はすんなりと理解を示してくれた。

明日香も、ボクセツが生んだスーパースターの一人だ。

当然、明日香を目当てにボクセツにやってきた推しかけメンバーに遭遇してきただろうし、彼らの上手なあしらい方も学んできたはずだ。

「残念だったね。さっきまでのあおくんには学園の注目の的になっている美少女を、丸裸にできる権利があったのに」

「ファン食いはご法度だろ。それに丸裸にできる美少女は、明日香一人いれば十分だ」

「あおくんにこれ以上、脱がされた覚えはないんだけどなー」

煽情的《せんじょうてき》な下着姿で、明日香は挑発するようなポーズをとってみせた。

「頼むから、恋人になる前にそういうことしないっていう約束を守らせてくれ」

「ふふっ、安心した。いつまでも手をだしてこないから、飽きられたのかなって」

「冗談いうな。俺は明日香でブラの外し方を勉強する気なんだから。その時は、お手柔らかにお願いします」

「あおくんって、童貞の王様だよね」

「少子化で、真っ先に滅びそうな国の長になるつもりはない」

「ごめん。辛《つら》そうな顔してたから、笑わせたくて」

そういって、明日香はぴたりと体を寄せてくる。

一人じゃ温めることができなかった心が、優しいぬくもりで包まれた。

「苦しいよね。自分を本気で想ってくれた人の気持ちに、応えられないのって」

ずっと、如月の泣き顔が頭から離れなかったから言葉に詰まってしまう――俺は何度、明日香に救ってもらえば気が済むんだ。

「……俺は明日香がいないと、まるでダメだな」

「こんないい彼女、逃さないようにしないとね」

じゃれつくように素肌を重ねながら、明日香は愛嬌たっぷりに笑いかけてくる。

「ねぇ、わたしのこと好き？」

「あぁ、愛してる」

「あおくんは、いつもそれだね」

しょうがない。世間はどう使い分けているか知らないけど、俺の中で「好き」と「愛する」には明確な線引きがある。

好きというのは、開けたばかりのサイダーみたいに憧れが弾けた感情だと思う。まばゆい光に紛れて、その人の悪いところなんて目に入らないまま心惹かれていく。

対して、愛するとは目がそらせないほど間近で、その人の汚点を見てもなお寄り添おうと決めた覚悟がこめられているように思うのだ。

だから、俺はエマのことは好きだけど、明日香のことは愛している。

いい雰囲気になったので、明日香の繊細なあご先に指を添える。

そのまま、キスになだれこもうとしたのに、明日香はぷいとそっぽを向いた。

「ママに教えてもらったの。男が口にする愛してるを信じるなって。ちゃんと、証拠を確認しなさいって」

「さっき、明日香の好きな店でケーキを買ってきた。冷蔵庫に、お前が欠かさず飲んでるヤクルト1000もストックしてる。しばらくは泊まっていくだろ？」

明日香は撮影がある期間は、必ずといっていいほど俺のマンションに滞在する。

だから毎朝、一緒に登校しているのだ。

「合格。花丸あげる」

そんな言葉と共に、とびきり甘い口づけがふるまわれる。

ご主人さまの許しを得た俺は、夢中になって明日香の風味を頬張《ほおば》った。

それだけじゃ満足できなくて、明日香の腰回りに腕を回して抱きかかえる。

黒いショーツに彩られた臀部《でんぶ》に腕が触れて、そのやわらかさを味わうことができた。

どこか期待がこめられた表情の明日香を、キッチンに横たえる。

人工大理石よりも白く、透き通った素肌が目にまばゆかった。

俺は欲望を解放させるように、豊かな胸元に頬を寄せる。

明日香も感じたように、熱い吐息をついた。

邪魔なものすべて忘れて、このまま明日香と二人で夜に溶けてしまいたいのに雑念が頭から離れない。

高校生らしからぬ、ただれた生活を送る俺を見て如月はどう感じただろう？

どんな理由があったとしても、俺は一日で二人の女の子と唇を重ねてしまった。

最低で、不誠実な行為だ。

だけど、明日香もエマも、俺を非難することはない。

なぜなら、俺たちが結んだ関わりは、本質的に三角形など描かないから。

日に照らされたボクセツの世界でエマと恋人を演じ、プライベートでは夜の帳《とばり》に隠れながら明日香を愛する——俺たちの関係性はそれぞれの領域におさまっていれば、永遠に交わることのない平行線を描く。

だから、この不純な関係図は、三人が望む限り永遠に続くことを許されている。

青空を舞うカモメのように、爽やかな青春を謳歌するなど夢のまた夢。憧れの学園青春ラブコメの主人公なんて、俺じゃひっくり返ってもなれない。

美しい羽をピン留めされた蝶の標本のように、俺たちの青春はどこにもはばたけない。飽きられて捨てられるまで、ただ多くの目を慰めるだけの存在だ。

ボクセツを卒業したら、俺も明日香も芸能界に進出することが決まっている。

そこで困らない程度のお金を稼いだら、静かなところで明日香と二人で暮らそうか。

今はそれだけを心の支えに、青春の地獄を生きていこうと思う。

第三章 江の島、恋模様、夏色入り乱れて……

Honmono no kanojo ni shitakunaru made, watashi de tameshite iiyo.

新シーズンが開幕して、二回目の撮影日を迎えた。

階段をのぼりきり、俺《おれ》は屋上へと続くドアを押し開ける。

「――よぉ、プレイボーイ」

小生意気なキッズボイスが落っこちてきて、逆光に目を細める。

屋上から一段突きあがった塔屋《とうや》からこちらを見下ろすのは、中学生といわれても納得してしまうくらい幼げな女子だった。

ただし、その口には電子タバコがくわえられている。

この人に会うとロリとヤニというぶっ飛んだ組み合わせに、脳がバグりそうになる。

「中学生がタバコなんか吸っちゃダメですよ」

「高校生もダメだろうが」

「はい。今、成人してるって認めましたね」

「私は花も恥じらう現役《げんえき》ＪＫだっつの。ってか、毎回このやりとりする必要あるか？」

「様式美ってやつです」

法律に中指を立てるかのごとく紫煙を浮かべるロリJKは、150センチにも満たない小柄な体とは正反対な態度でにらみつけてくる。

「わかばちゃん、いい、いの正体が、ヤニカスだと知ったらファンはどう思うんでしょうね？」

「それは、だまされたやつが悪い。そもそも、ボクセツメンバーの仕事は夢を見せることだ。私は世間様に顔向けできないことはしちゃいねえ」

「タバコの年齢制限も、ちゃんと守ってますもんね」

「だから、私は現役JKだっつの。殺すぞ」

殺し屋も裸足《はだし》で逃げだすような鋭い眼光を飛ばしてくる彼女の名は、鳥越若葉《とりごえわかば》。

ロリっぽい容姿とアニメ声でコアなファンのハートをつかみ、「わかばちゃん」の愛称で親しまれる人気メンバー――という平凡な紹介では、この癖《くせ》の強い先輩の表向きを語っただけにすぎない。

空色のセーラー服が似合っているものの、彼女は実年齢20歳の最年長メンバーだ。

ボクセツでは高校を卒業した時点で、番組からも卒業しなければならないという暗黙のルールがある。

だけど、一年でも多くボクセツに出演した方が生涯収入的に見て有利なため、故意的に留年を繰り返す猛者が現れた。

厳密には女子高生でもなければ、大人でもない、まだ世界から明確な名前を与えられてないモラトリアムな存在——その象徴が、若葉先輩という人だ。

「そんで、私から情報を買いにきたのか、プレイボーイ?」

「その呼び方やめてくださいって」

ボクセツの最古参である若葉先輩は豊富な出演経験と広い人脈により、裏で情報屋みたいな商売を営んでいる。

俺もたびたび利用させてもらっているけど生憎、今日は持ち合わせがない。

「先輩と同じで、サボりにきたんですよ」

「そんな呑気《のんき》でいいのかね。お前、今シーズンは新海《しんかい》エマと世羅春磨《せらはるま》と三角関係を演じるバケモン脚本をもらったんだろ?」

「……よく、ご存じで」

俺が知る限り、ボクセツに脚本が存在することを自力で突きとめた人物は、若葉先輩くらいなものだ。

「だからこそなんですよ。俺は今シーズン、エマ以外の女子と絡《から》む気はない——シ、シンデレラ、シ、シークに参加する義理なんてないんです」

現在、行われている撮影は、以前のような合コン形式じゃない。

学園中に散らばった女子メンバーを、男子メンバーが探しだすという特殊ルール——偶然の出会いが運命の恋人につながるという、おめでたい頭をした大人が打ちだした企画をボクセツは「シンデレラシーク」と名付けた。

この広い学園で、勘だけを頼りにエマを見つけだすと考えただけで気が遠くなる。

運命の恋人なら苦もなく巡り合えるのだろうけど、残念ながら、俺とエマは脚本上つながった偽物の恋人にすぎない。

ロミジュリごっこは、やりたいやつらだけでやっててくれ。

「普通、目を血走らせるもんだろうが。今回の脚本をこなせば、ガチで勝ち組の仲間入りなんだぞ。タバコの増税に、泣かなくていい生活が待ってるのによぉ」

「先輩より、ロリ声の無駄遣いをしてる人を知りません」

「私もまだ捨てたもんじゃねえよ。配信で、いい声で鳴いたら金が飛んでくるからな」

世も末だなぁ。

「……でも、そんな大事なんですかね」

「あ?」

「金とか知名度とかって、自分を殺してまで求める価値があるのかなって」

「あると信じてるから、この学園のやつらは青春を切り売りしてるんだろうが。どっちも手に入れた四天王様には、わからないかもしれないがな」

確かに、俺は成功したといっていいほどの金や知名度を手に入れた。

だけど、渇きを覚えて、夜中に目を覚ます回数も増えた——俺が贅沢なだけなのか？

「ところで、お前、噂の新メンバーに手をだしたんだって？」

「如月《きさらぎ》のことですか？　ホントに耳が早いですね」

「なんでまた、お前ほどの人気メンバーがそんなリスクを冒した？　明日香《あすか》に飽き足らず、別の女をつまみ食いしたくなったか？」

若葉先輩は、俺と明日香が裏で関係を続けていることを知る数少ない人物だ。

「なんというか放っておけなかったんですよね、如月のこと」

初恋を葬った記憶がよみがえって、俺はうずいた手をポケットにしまう。

「あいつは、この学園で生きるには汚れを知らなすぎるんですよ。だから、ちょっとだけ遊んで、捨ててやりました。俺のおかげで、女子として人並みの警戒心が養われたんじゃないんですかね」

「はっ、聞いて損したわ。女の敵め、地獄に落ちろ」

「安心してください。俺は死んだら、間違いなく地獄いきですから」

「一つだけ教えてやる。しかも、無料でだ」

「ケチな先輩にしては珍しいですね。なんですか？」

「あの如月ってやつは、相当ヤバい」

冗談みたいな台詞を、若葉先輩は大真面目《まじめ》な顔で口にした。

「旬ものと一緒で、新メンバーの情報は高く売れる。だから、如月の素性《すじょう》を洗ったんだが、ほとんどなにもわからなかった」

「……どういうことですか?」

「経歴、オーディションでの評価、ボクセツへの参加経緯——あらゆるプロフィールが秘匿されてるんだ。そんなやつ、いまだかつていなかった」

番組をぶち壊すトラブルメーカーに、運営の息がかかっているっていうのか?

まさか、あり得ない——それが思案の末に、俺が至った結論だった。

「シーズンが始まる直前に、道端でスカウトでもしてきたんじゃないんですか? あいつ、ルックスはレベチですし。そもそも、俺と如月の関係は終わったんですって」

「そうすんなりいくかねぇ。人と人との縁ってのは案外、断ち切れないものだったりするぞ。特に色恋沙汰は、な」

不吉な言葉を口にした直後、若葉先輩はスマホを耳に当てた。

「……あぁ、私だ。なに? 詳しく聞かせろ」

おそらく、仕事仲間からの通話だろう。

この人のもとには、学園中の最新情報がリアルタイムで集まってくる。

「不動《ふどう》、いいニュースが入った。料金はつけておくから聞いていけ」

「よろこばしい知らせじゃない予感がするんですけど、気のせいですかね?」

「男冥利《おとこみょうり》に尽きる話だ。私にとっちゃ、金の卵になるかもしれないネタでもあるがな」

そういって、若葉先輩はロリ顔に似つかわしくない凶暴な笑みを浮かべた。

「例の新メンバー、シンデレラシークで大暴《あば》れしてるらしいぞ。不動蒼志《あおし》以外となれ合うつもりはないって、男子メンバーの誘いを断りまくってるらしい」

耳にねじこまれた言葉が理解できなくて、俺は呆然《ぼうぜん》としてしまった。

「――いってやれよ、王子様。シンデレラがお待ちかねだ」


頭の中を整理しきれないまま、俺は校舎を駆けていた。

探しているのは、あの夜、初恋に破れて涙を流した少女。

記憶の中のひどく哀れな、だけど、それゆえに美しかった泣き顔に問いかける――お前、あんな屈辱を味わったのに、なんで俺との関係を捨てようとしないんだよ?

廊下を走り回っているうちに、赤い糸が落ちているのを見つけて立ちどまる。

これは、女子メンバーが近くにいるサインだ。

シンデレラシークで、逢瀬を待つ女子メンバーの小指には赤い糸が結ばれる。

そして、もう片端を男子メンバーが辿《たど》っていくと、ヒロインとのお目通りが叶《かな》うという、いかにも恋リアらしいキザな演出が採用されているからだ。

糸に導かれ、辿り着いたのは図書館だった。

夏風を抱いてふくらんだカーテン。金髪が光の粒子をふりまくようになびいた。白い指が、古ぼけた小説のページをめくる。

リーディングテーブルには、絵画の中に永遠化されたような少女がいた。

このまま足を踏み入れると、空間に満ちる聖なるなにかが消えてしまいそうで立ち尽くしてしまう。

気配を察したのか、サファイアの双眸《そうぼう》が俺を射抜いた。

「――あぁ、蒼志くん、やっときてくれたのね」

なぜ、如月があんな穏やかな顔でいられるのか理解できなくて返事ができない。

「いつまで、そこにいるつもりなの？　こっちにきたら？」

「あぁ……」

如月に促され、俺はよろよろとイスに腰をおろす。

撮影中のため、メンバー同士は下の名前で呼ばなければならない――そんな基本ルールすら、気が動転して忘れかけている自分がいた。

「……カレン、お前。なんのつもりだよ？」

「なんのつもりって？」

「わかるだろ？　俺たち、あんなことがあった後なんだから」

図書館には無人カメラがあるため、すべてをありのまま口にすることはできない。

如月の表情が、無防備なところを突かれたように強張った。

「……あれくらいで、私の気持ちがなくなると思ったの？」

「お前は、俺を憎むべきだ。それだけのことをされたんだから」

「あの夜に、君を憎むことができたら、どんなによかったでしょうね」

本来の感情を露わにしたように、如月は悲痛な表情を浮かべる。

「――これは、私の復讐。受けとりなさい」

次の瞬間、如月は腰を浮かし、ためらいもなく俺の胸へ飛びこんできた。

視界が、怖いくらい整った顔立ちで占拠される。

正直にいってしまおう――バカな俺は見とれてしまっていた。

だから、逃げるという発想が浮かばなかったのだ。

「ッッ――!?」

イスから転げ落ち、俺は仰向《あおむ》けに倒れた。

はちみつ色の毛先が、目と鼻の先に垂れている。

その先を辿ると天に架かる月のように、かわいそうなくらい美しい容貌《ようぼう》がこちらを見下ろしていた。

そして、如月は目をつむり、その顔を接近させてきたのだ。

如月に覆《おお》いかぶされ、視界に影がかかっていく。うるおいを帯びた桜色の唇が、決死の覚悟を乗せて刻々と迫る。

もう、数秒すれば唇と唇が触れてしまう——確信が脊髄《せきずい》に奔《はし》る。

この映像を残すわけにはいかない。脚本が、日常が、すべて壊れてしまう。

保身が、俺を無様に後ずさりさせた。カメラの死角に体を逃がそうとする。

だけど、如月は許してくれない。スカートにしわがつくのも厭《いと》わず体を押しつけ、俺の足の自由を奪う。

当然だ。さっき、如月が口にしていたじゃないか。

これは復讐なのだ、と。

体と体が折り重なる。どこか恍惚とした如月の表情に視界を独占される。

如月の首筋から香る甘い匂《にお》いに魅入られたように、俺は悪あがきをやめた。

——ちゅ。

微《かす》かなリップノイズを聞きながら、唖然としてしまう。

俺は如月にキスをされた——唇にではなく、頬に。

「——私は弱虫ね」

体を起こした如月の頬は紅潮していたけど、それとは相反する感情に苛まれているようにほろ苦く微笑んだ。

「カレン、お前、なんで……」

この状況なら、さらに過激な仕返しをできたはずなのに。如月が屈辱を受けたあの日、俺が

明日香ともっと淫《みだ》らな行為におよんでいたこともわかっているはずなのに――

どうして、こんな淡雪のように優しいキスを、俺に……？

「唇へのファーストキスは、蒼志くんと両想《おも》いになってからがいい」

切々と告げられた言葉に、頭をぶん殴られたようだった。

初恋の相手にだまされ、恋心を弄《もてあそ》ばれ、復讐を思いたつほど憎んでもなお――

ファーストキスが安売りされるこの学園で、目の前の少女は純真を手放そうとしなかった。

俺との未来を、まだ諦《あきら》めていなかった。

「考え直せ、カレン。お前は、とんでもない間違いを犯そうとしている」

「その程度で嫌われようだなんて、私の初恋を舐《な》めないで」

「いいか、初恋なんて特別なものじゃない。ふり返ってみたら、ありふれた恋の一つにすぎないんだよ」

かつて、俺も明日香と結ばれると心から信じていた。

でも、そんなことはなかった。運命だと思っていた人との初恋は、いとも容易く散ってしまった。

「いい恋をしたいなら、まずは目の前の男に愛想を尽かせ。この学園には、格好いいやつなんて腐るほどいる。俺じゃなきゃいけない理由なんて――」

「君じゃなきゃだめ」

「ど、どうしてそこまで……？」

「初めてだから、なにもわからないの。だから、この感情を信じて突き進むしかないじゃない。私は蒼志くんのことが好き。理由なんていらない。好きだから好きなの」

感情に任せた衝動的な発言なのに、なに一つ反論できない。

初めて誰《だれ》かを好きになれた幸せに浸っていた頃、俺もこんなふうに明日香へ想いを寄せていたことを思い出してしまったから。

ニュースは今日も快晴を予報したのに、雫がぽつりと落ちてくる。

如月がきれいな顔をぐしゃぐしゃにして、大粒の涙を流しているのだ。

「告白の返事を先延ばしにされて、ずるい人なのかなと思った。それなのに、連絡先を聞かれたから軽い人なのかなと思った。だけど、全部、勘違いだって思いこんだ。私が初めて好きになった男の子が、そんなひどい人なわけないっていい聞かせて」

それは、俺が犯した罪の数え歌だった。

「蒼志くんのお家に誘われた時、さすがに遊ばれてるだけなんだと気付いたわ。でも、いくしかなかった。過ちを犯しているようで、だけど、ママにも相談できずに怖くてぼろぼろ泣いた。湘南に着いたころには、初めてを捧げる覚悟も決めたわ。一番かわいい下着だって身に着けていったのに、君は――!!」

そうだよな、怖かったよな。こうして、人間らしい感情をさらけだしている姿を目の当《ま》たりにして改めて思うよ——強そうで、孤高で、特別に見えるけど、如月も普通の女の子なんだよな。

「私の恋心を全部、台無しにした！」

感情が爆発《ばくはつ》したように、如月は俺の胸に拳《こぶし》を打ちつけた。

涙交じりに、ふりおろされる罰を防ぐ資格なんて俺にはない。

「弄んで！　裏切って！　踏みにじった！　私に一生、消えない傷をつけた！」

「……その通りだ」

痛みが、俺を慰めてくれた。

如月の小さくて頼りなげな拳が、もっと硬ければいいのにと思った。

「だから、私も君に一生残る傷をつけてやらなくちゃと思って——」

「……そんなことのために、キスをしたのか？」

運命の人に捧げるようにピュアな口づけを、こんなクズに？

「唇にはできなかったけど、さすがに効いたでしょ？　ざまあみろ」

如月は、俺の前で初めて汚い言葉を吐いた。

「今まで出会った誰よりも憎らしいのに、それでも、まだ心は蒼志くんを求めていた。今も君の体温に包まれて、よろこんでしまっている自分がいるの」

初恋という呪《のろ》いに駆りたてられた少女が、また一つ過ちを重ねようとしていた。

まだ、引き返せる――それなのに、如月は帰る場所を失くした雛のように俺の胸に頰をうずめたのだ。

「君が体目的ですり寄ってきたクズだろうが、私が飽きたら捨てられる都合のいい女になりさがろうが、好きな人に好きな人がいようが関係ないの。どうか、お願い――」

それ以上は、言葉にしちゃいけない――だけど、俺の願いは届かなかったのだ。

「偽物でもいいいいから、君の彼女にして」

「――――――――――――――――――――――――」

今、放心している自分が本来の人格なのか、ボクセツ人格なのかもわからない。

ただ、如月の抜き身のような言葉が、そして、狂気すれすれの一途さが偽物を貫いて、たった一つしかない心臓に突き刺さってしまった。

遠くで、蟬時雨《せみしぐれ》が聞こえる。湿度を含んだ暑さにやられて、重ねた体が汗ばんでいく。如月の早すぎる鼓動を、すぐ近くで感じた。

いや、これは俺の鼓動か？

やっぱり、今年の夏は変だ。

「……今度こそ、ちゃんと返事を聞かせて」

「俺はお前の彼氏にはなれない」

「嘘《うそ》つき」

「嘘じゃない」

「ずるい人。立場が悪くなると、言葉を尽くしてくれなくなるのね」

やめろ。

「じゃあ、一つ聞くけど――」

やめろ、やめろ。

「どうして、壊れそうなくらい抱きしめてくれるの？」

いい、いい、いい、いい、いい、いい、いい、いい、
もう、いい逃れができなかった。

今すぐにでも如月を突き放すべきだと、頭ではわかっているのに――

去年の夏、明日香を心の底から好きになれた自分の残像が。明日香だけを愛しぬいていこうと、簡単に誓えてしまった幼い恋心が。

汚い金に代えてしまった宝物たちが今さら帰ってきた気がして、俺は自分の胸にうめこむように如月を抱いていた。

「やっと、君の心に指先が触れた――そういうことでしょ？」

小賢しい俺は、なおも沈黙に縋る。

本当は、触れたどころじゃない。心の琴線をかきむしられた。

如月は浅ましい男の嘘を見透かすように、なおも言葉を継ぐ。

「それじゃあ、条件つきで猶予をあげる」

「猶予？」

「もし、まだ君の彼女になれるチャンスがあるなら、私をツーショに誘って。初めてのツーショは、蒼志くんとがいい」

その言葉が引き金になって、午後に特別なツーショをかけて争奪戦を繰り広げる撮影があることを思い出した。

俺は、そこで春磨に負けることになっている。

「それじゃあ、条件っていうのは？」

「もう少しだけ、このままでいさせて」

タオルケットを手放せない幼子みたいに、如月はワイシャツを握ってくる。

汗ばんだ如月の肢体を抱きしめながら、俺はすべてを諦めて目をつむった。

この日、俺と如月は絶対に交わってはいけない存在だったのに、初恋という血よりも赤く染まった糸でがんじがらめにされてつながった。

つながって、しまったんだ。


午前の撮影が終わり、俺は学園の中庭を歩いていた。

他のメンバーも昼食をとるため、食堂へ向かっている。

カレンとは一旦《いったん》、別れた。考える時間が必要だろうと身を引いてくれたのだ。

それでも、別れ際、期待感に頬を染めて手をふった姿が頭から離れない。

「あっ、蒼志じゃーん！　おちゅかれ！」

「蒼志、お疲れさま」

声がした方に目をやると、春磨とエマがこちらへやってきていた。

親密に肩を並べて歩く二人は、誰がどう見てもお似合いのカップルだ。

ボクセツの王と、アオハルの天才のロマンスは順調に進行していた。

「あー、お腹《なか》空いた。蒼志も一緒に食堂いこ？」

「あぁ、二人の邪魔じゃなければな」

「蒼志は、あたしの右頬にご飯粒ついてたらちゅーでとってね。ちな、左は春磨の担当」

「よーし、決まりだ。お前はパスタを頼め」

「蒼志、なにかあった？」

……やっぱり、春磨には気取られるか。

洞察力が常人離れしている上に、春磨とは隠し事ができない間柄だ。

「なんでもないよ。今はまだ、な」

「そっか。まずくなったら、いつでも相談に乗るからね」

「悪い。助かる」

そういうと、春磨は人好きのする笑顔を浮かべる。

そのうち、明日香も人混みの中から俺たちを見つけて合流した。

「あしゅは、おでこについたご飯粒担当ってことで！」

「えーと。どういうことか説明してくれない、エマ？」

「お前、節操なさすぎだろ。ちょっといいか、明日香？」

話に割りこみ、俺は明日香と一対一で話せる状況をつくる。

シンデレラシークで起こった出来事を、明日香にだけは話すべきだと思ったのだ。

「あのさ、カレンのことなんだけど」

「……カレン？　如月さんのこと？」

明日香からいぶかしむような視線を向けられ、心臓が跳ねる。

いつの間にか、撮影外でも如月のことを下の名前で呼ぶ自分がいた。

その時、周囲のメンバーたちが一斉にざわめきだす。

それは異常事態だった。

名前を知らないメンバーも、撮影で数回絡《から》んだだけのメンバーも、春磨も、エマも、そして、一番近くにいる明日香まで――誰も彼もが、俺を凝視しているのだ。

脂汗が背筋を伝っていく不快感を味わいながら、ようやく気付く。

午前の撮影のハイライトを知らせる校舎の特大サイネージには、カレンが俺の頬に口づけするシーンが映しだされていた。

「――」


意味がわからなかった。間一髪、カメラの死角に逃げこんだはずなのに――

どうして、これほどまで鮮明に映像が残っている？

明日香が、エマが、俺を見つめてくる。

底だと思っていたところの床が抜けて、もっと深い奈落へ堕ちていく。

青春の地獄のふたが開く音が、入道雲の彼方から聞こえた気がした。


ドリブル音が反響する体育館で、メンバーは午後の撮影の開始を待っていた。

「蒼志、今シーズンは忙しくなりそうだね」

そんな言葉と共に、春磨から投げ渡されたバスケットボールを受けとる。

「あぁ、今から胃に穴が開きそうだよ」

「だめだよ、蒼志。忙しくさせてもらっていることに感謝しなくちゃ」

「さっきの昼食の空気を味わっても、同じことといえるか？」

「まぁ、二度と体験したくないくらいには地獄だったね」

「だろ？」

親子丼の味がまったくしなかった。エマも、明日香も明らかに口数が少なかったし。

俺はゴールリングをあおぐと、シュートを放った。

放たれたボールは狙《ねら》い通りの放物線を描いて、リングへ吸いこまれていく。

「ナイシュ、蒼志」

「どうも」

今回、特別ツーショを巡って、男子メンバーはフリースローで対決することになっている。撮影開始が迫る中、他の参加者も練習に余念がなかった。

特別ツーショは番組で大きくとりあげられるため、誰もが勝ちにいく気満々だ。

だけど、渡された脚本では、この対決は春磨が制することになっている。

もちろん、フリースロー自体は純粋な実力勝負だ。

つまるところ、春磨は校長から「自力で勝て」と要求されていることになる。

人気メンバーは、単に容姿に優れているだけじゃ務まらない。

俺と春磨は課されたシナリオを遂行するため体を鍛え、あらゆる球技に対応できるよう裏で練習を積んでいる。そこらへんの高校の運動部なら、レギュラーを張れる程度の実力は身に付けているつもりだ。

他にも、校長に促されるがままギター、サーフィン、ダンス、歌唱など女子ウケがいい技術を見境なく習得してきた。

そういうわけで、俺も春磨も、バスケの心得は人並み以上にある。

今回の参加メンバーを見渡してみても、春磨の勝利は盤石《ばんじゃく》に思えた。

「でも、僕、うれしいな」

「困ってる友人をながめて楽しむなんて、いつからそんな悪趣味になったんだ？」

「そうじゃなくてさ。最近の蒼志、ボクセツの表舞台に立ってくれなかったから。去年の夏からずっと」

明日香との破局という表現を使わなかったのは、春磨なりの配慮だろう。

「……一人で、色々と背負わせて悪い」

「ううん、全然。むしろ、久しぶりに蒼志と共演できてわくわくしてるんだ。この調子でフリースロー対決にも、本気になってくれるといいんだけど」

「春磨の頼みならできる限り聞いてやりたいけど、それは無理な相談だ」

ゴール下で転々としているバスケットボールを拾いあげ、カゴに投げ入れた。

「せっかく、練習したのに？」

「お前のかませ犬になるための、な。そろそろ、撮影だからトイレいってくる」

「でも、蒼志の力なら、脚本を変えられるかもしれないよ？」

「――俺は、決められた未来を変えるつもりはないよ」

さすがにプライドが邪魔をして、お前はエマと幸せになっとけとまではいえなかった。

トイレを済ませた帰り、飲み物を口にしたくて楽屋へ向かった。

部屋に入ると、我が物顔でたむろしている集団が目に入る。

普段なら気にもとめないけど、今日に限っては横目で様子をうかがってしまった。

なぜなら、フリースローに参戦する顔ぶれが勢ぞろいしていたから。

「いいか、ターゲットは如月だ。この中で、誰が勝っても如月を特別ツーショに誘う――その後は山分けだ」

カバンからとりだしたスポーツドリンクの清涼感ある味が台無しになった。

俺は今、恋リアでありがちな談合現場を目撃している。

特別ツーショの最大の特徴はデートの豪華さではなく、女子側に拒否権がないことだ。

この仕組みを利用して、特別ツーショで強引《ごういん》にお近づきになった女子メンバーに、他の男を紹介するといいくるめ、徒党を組んだメンバーたちに関わりをもたせるという手口が横行している。

標的になるのは、カレンのようにボクセツにやってきたばかりで味方が少ない新人だ。

「如月はボクセツに関しちゃ素人だから、簡単にだませるはずだ」

リーダー格の男が浮かべた卑しい笑みが、談合中の仲間にも伝染する。

おそらく、この学園で俺が最もよく知っている。

如月カレンという女の子は天使のように純粋だ――お前らみたいなゲス野郎にくれてやるには、もったいないほどに。

やり場のない憤りを覚えて、ペットボトルを握りつぶしていた。

その音で話し合っていた連中も、俺の存在に気付く。

「よぉ、不動。いたのか」

「さっきからずっと、な」

「もうすぐ、撮影が始まるな。互いにベストを尽くそうぜ」

リーダー格の男から、不快な視線を絡められる。

いつもだったらスルーできるのに、なぜか心が熱くなっていた。

それでも、俺はボクセツの不動蒼志として爽《さわ》やかな笑顔を忘れない。

「——あぁ。お前ら、まとめて叩きつぶしてやるから覚悟しろ」


撮影本番を迎えた体育館は、異常なほどの熱気が渦巻いていた。

周囲には撮影スタッフの他に、女子メンバーも応援に駆けつけている。

その効果はてきめんで、選手たちは気合が入りまくっていた。

まず、ゴールリングに向かって進みでたのは春磨だ。

フリースローラインで、ニューバランスのスニーカーの爪先がとまる。

不利に働きやすい一本目の挑戦者に、春磨は自ら名乗りでた。

それは、同時に絶対的な自信の表れともいえる。

春磨がシュートモーションに入る。
カメラの無機質な眼差《まなざ》し、女子メンバーの熱視線、男子メンバーの失投を期待する凝視
——体育館中の注目を浴びながら、ボクセツの王はよどみなくシュートを放った。
そして、ボールはリングに触れることなく、ネットをくぐったのだ。
次の瞬間、体育館が黄色い歓声に包まれる。
春磨は王子様のような笑みで、女子の熱狂に応《こた》えながら帰ってきた。
ドリブルする手をとめる。二番目の挑戦者は俺だ。
春磨と入れ替わりで、フリースローラインへ向かう。
位置について、ゴールリングをあおいだ。
シュートの構えに入ると、熱狂に沸《わ》いていた体育館が凪のように静まった。
深呼吸を一つする。体の隅々にまで、神経をゆき渡らせる。
わかっている。春磨に任せておけば、すべてうまくいく。
あいつが、有象無象に負けるはずがない。カレンに危害がおよぶこともないだろう。
でも、そういうことじゃないんだ。
カレンがゲスの手に渡ったらと想像すると、胸がざわめく。
その不思議な感情が、俺にかませ犬として途中退場することを許してくれなかった。
万全の体勢でシュートを放つ。投じたボールを目で追う必要もなかった。

ゴールネットが鳴る音を耳にしながらふり返る。

間髪を容れず、窓さえ突き破りそうな歓声が巻き起こった。

元の位置に戻ると、信じられないものを見るような顔をした春磨が迎えてくれる。

照れくさかったものの、この際だから宣言しておこうと思った。

「気が変わった。今日はとことん付き合ってもらうぞ、春磨」

「いいね、そうこなくっちゃ」


結論からいうと、カレンを陥《おとしい》れようとした連中はてんで歯応えがなかった。

俺と春磨が成功を重ねるうちに他の挑戦者は次々と脱落していき、三投目には一騎打ちになっていた。

四投目もゴールを決め、心から楽しそうな春磨の元へ戻っていく。

「お見事だね、蒼志」

「さすがは、ボクセツの王。敵を褒めたたえる余裕がおありのようで」

「そんなことないよ。今だって、ぎりぎりさ。やっぱり、蒼志が相手じゃないと、このスリルは味わえない」

「お前は、俺を買《か》い被《かぶ》りすぎだ」

機材のセッティングをしているのか、撮影は一時中断となっていた。

勝負の熱が冷めないように、俺たちはドリブルしながら話しこむ。

「理由はどうあれ、蒼志が立ちはだかってくれて感激しているんだ。最近の蒼志は退屈そうで、見ているこっちが苦しくなるくらいだったから」

「……別に、春磨が気に病むことじゃないだろ」

「それがあるんだよ。蒼志をここに連れてきたのは、僕なんだから」

そう。俺は元々、野球部で汗を流す平凡な男子高校生にすぎなかった。

そんな俺を、ボクセツに誘ったのが春磨だったのだ。

だけど、それはきっかけにすぎない——俺が不満でがんじがらめになっているのは、すべて自分の責任だ。

「そういう、春磨はどうなんだよ？」

「僕？」

「エマとカップル成立するんだろ？　番組卒業後のこととか、話し合ってんのか？」

「そうだね。蒼志には全部、話しておくべきかもしれない」

春磨がまとう雰囲気が様変わりして、俺はふいを衝かれた。

「今シーズン、エマとのカップルが成立したとしても、それは番組上の話さ。僕らに、本当に付き合う意思はない」

驚きのあまり、ボールが手につかなかった。

ボクセツで成就した恋愛がどんな結末を辿るかは、本当に人それぞれだ。

番組卒業後に結婚するカップルがいるかと思えば、プライベートでちょっとだけ付き合い、頃合《ころあい》いを見て個人チャンネルで「お別れのご報告」をするメンバーもいる。

だけど、すでにファンたちにベストカップルとして認知される春磨とエマが、ビジネスパートナーのまま関係を終わらせるつもりだとは思わなかった。

「僕もエマも卒業後は、活躍の場を芸能界に移す。将来のキャリアにとって、恋人になるという選択肢はリスクでしかないんだ。だから、よき友人として別々の道をゆく——僕たちは、無邪気に恋をするには大きくなりすぎた」

理屈はわかる。それが、人気メンバーとして賢い立ち回りなのだろう。

「春磨はそれでいいのかよ？　エマと結ばれなくて納得できるのか？」

「蒼志、僕はね、自分がどう思うかなんて関係なくて、ただボクセツが繁栄すればいいと思っているんだ。番組のギャラで家族を支えているメンバーもいる。10代を捧げて人生を変えようとしているメンバーもいる。だから、主役の座を任された僕が、ボクセツを失墜させるわけにはいかないんだよ」

春磨の本質は、善人というありきたりな言葉じゃおさまらない——この滅私は、そんな次元を超えている。

世羅春磨はトップスターにして、ボクセツの守護者なのだ。

「だから、蒼志にその気があるのなら、僕からエマを奪ってもいいんだよ?」

「どういう意味だよ、それ……?」

「そのままの意味さ。僕は一人の女の子を幸せにするのは向いてないみたいだしね」

昔となんら変わらない超然とした笑みが、意識を過去へ誘った。

俺が、まだボクセツメンバーになる前の記憶へ。


俺が通う地元の高校は、野球の強豪校として有名だった。

中学時代、同じクラブに所属していた俺と春磨は、当然のごとく野球部の門を叩《たた》いた。

入部初日、ちょっとしたイベントが俺たちを待っていた。

新一年生は自己紹介を兼ねて、目標を発表していくことになったのだ。

「レギュラーになりたい」、「野球がうまくなりたい」など、緊張の面持ちで思い思いの目標を口にしていく新入部員たち。

俺もなにか無難なことをいったはずなのだけど、あまり覚えてない。

春磨の回答があまりにも衝撃的だったから。

「僕は、みんなの目標を叶えられるように頑張ります」

「……それが、君の目標だというのか?」

監督は理解できないといった表情で、春磨に問いかけた。

「はい。監督や先輩たちの目標も、僕が達成すべきものの一つです——そうした方が、たくさんの人が幸せになるでしょう？」

不遜ともいえる言葉を、虫も殺さぬような笑顔でいってのけた春磨に全員が戦慄《せんりつ》した。

一人だけ、物事の考え方のスケールが違う。

そして、当時の俺はそれが戯言ではなく、春磨の常軌を逸した能力の高さをもってすれば十分に実現可能なミッションであることを知っていた。

スーパールーキーが入部したその日から、野球部は春磨を中心に回り始めた。

春磨はあっという間に、エースの座を手中におさめたのだ。

親友の背中を追いかけるように、俺も一年でレギュラーの番号をもらえた。

そして、春磨に率いられた新チームは魔法にかかったように、県大会を破竹の勢いで勝ち進んでいったのだ。

これを生まれながらの主人公といわずして、なんと呼べばいい？

春磨の中で際限のない雨のようにふり注《そそ》ぐ才能は、自分や他人といった小さい器におさまらず、最大多数の幸福というべき大海へ寄与されるべくあるのだ。

「——それじゃ、僕の番だね」

その言葉で、俺は現実に帰ってきた。

見ると、現場監督が撮影再開の合図を送ってきている。

「待てよ、春磨。まだ話は終わってない」

呼びかけても、ボクセツの王はふり返らない。

たくさんのメンバーが固唾をのんで見守る中、シュートの構えに入った。

間もなく、ボールが放たれる。

目で追わなくても雰囲気でわかった。あの春磨が、ここ一番で外すわけが——

「——は?」

動揺で定まらない視界が、リングに弾かれたボールを焼きつけていた。

まさかの失投に、体育館全体がざわついている。

「いやぁ、疲れがでちゃったかな」

そんな三文芝居を打って、春磨が帰ってきた。

「……お前、わざと外したな?」

「さぁ、なんのことだろうね」

思惑が読めない笑みを浮かべながら、春磨がボールを差しだしてくる。

「君が物語の行方《ゆくえ》を決める番だよ」

なんの覚悟も決まらないまま、ボールを受けとってしまう。

春磨から背中をぽんと叩かれて、俺はゴールリングの前に進みでた。

さっきまで、支配下にあった集中力は散り散りになっている。

カレンを守ることができればそれでよかったのに、大変なことになってしまった。

俺の一投で脚本をねじ曲げてしまってもいいのかと、主役の座を春磨任せにしてきた二番手の精神がぐらつく。

――そもそも、春磨に勝ったとして誰をツーショに誘う気だよ？　ほしいものさえない虚《うつ》ろな魂の分際で。

だったら、外してしまおう――思考を放棄して、そんな決断に至ろうとした時だった。

少しでもカメラに映ろうと前へ陣取る女子メンバーたちを貫いて、奥で佇《たたず》む金髪碧眼の少女が目に飛びこんできたのだ。

カレンは手を組んで、なにかを一心に祈っていた――おそらくは、俺の勝利を。

その姿は偽物にまみれた学園で唯一、純粋な光を放っているように映った。

あれなら、手を伸ばしてもほしい――そう思ってしまった。

気付けば、視界のゆらぎはおさまっていた。

予感に導かれるように、シュートを放つ。

スローモーションの世界で放物線を描くボールは、俺の運命を占うかのようだった。

そして、数舜後、ゴールが決まったのだ。

決着――緊張から解き放たれたように、歓声と拍手が咲き乱れる。

現場監督が、俺に向けてカンペを指し示しているのが見えた。それによると、「ツーショに誘う相手を指名して」だそうだ。

やけに頬が熱い。ボクセツの撮影で興奮するのは、久しぶりのことだった。

心はすでに決まっている。今さら、偽るつもりはない。

この先、運命の糸が複雑に絡み合《あ》おうとも、名前を呼ばなきゃいけない人がいる。

「カレン！　きてくれ！」

興奮冷めやらない体育館が異様な空気に包まれる。

メンバーだけではなく、スタッフたちも脚本を外れた展開に慌ただしく動きだした。

たくさんの人の注目を浴びながら、カレンが心細げな足取りで体育館中央――俺の目の前にやってきてくれる。

「カレン」

「は、はい」

「俺と特別ツーショにいってほしい」

口元に手をやったカレンは、その言葉に撃ち抜かれたようにまつげをふるわせ――

かすかに涙ぐみながら、答えをくれた。

「――私でよければよろこんで」

特別という名前がついているだけあって、俺が獲得したツーショは豪華なものだった。

学園を飛びだし、江の島での制服デートを贈呈されたのだ。

そういうわけで、俺たちはロケバスに乗りこみ、デートの出発地点である竜宮城のような意匠が特徴的な片瀬江ノ島駅におり立った。

そして、今は江の島本島へ渡るために弁天橋を歩いている。

ただし、残念ながら撮影は順調とはいえないようだ。

「こ、こんな中、デートするなんて無理よ……」

弁天橋の中心で、カレンは耳が垂れた子犬のように怯《ひる》んでいた。

初ツーショなのだから、無理もないかもしれない。

俺たちは撮影隊を引き連れて、観光客が往来する真っ只中を歩いているのだから。

こんな人目がある中、こなれたカップルはいちゃいちゃするのだから、ボクセツメンバーというのは潜在的な露出狂だけが就ける仕事なのかもしれない。

……やっぱ、今のナシ。特大ブーメランが突き刺さって吐血しそうだった。

ともかく、清く正しく生きてきただろうカレンが、この異常な状況下でデートに集中できるはずもなかった。

「カレン、大丈夫か？」

「ま、待って！　私を捨てないで！　きっと、うまくやってみせるから！」

「一旦、落ち着け。な？」

偽物の彼女という立場を派遣社員みたいに捉《とら》えたのか、カレンが世知辛すぎる訴えをしてきたのでツッコんでしまう。真面目すぎて、生き辛《づら》そうだな。

「ほら、カレン。あそこ」

「なに？」

俺が指差した方角へ目をやった瞬間、カレンの表情が晴れ渡った。

「あれって、富士山⁉　こんなところから見えるの？」

「あぁ、天気がいいと拝めるんだ」

相模湾の向こうに望む雄大な富士は、真夏にもかかわらず銀雪を冠していた。

「そんで手前に見えるのが、有名な茅ケ崎の烏帽子《えぼし》岩だ」

「ウンダバー！　日本の美しい風景をながめていると、心が洗われていくようね！」

「今、なんて？」

いわれて初めて気付いたように、カレンは気恥ずかしそうに頬を染める。

「ごめんなさい。ウンダバーはドイツ語で、素晴らしいという意味よ」

「へぇ、日本語とドイツ語がごっちゃになるのは初めて聞いたな」

それまで、2ターンもすると途切れていた会話がスムーズに回り始めた。

「ねぇ、蒼志くん？　ハーフの子は、必ず二つの国の言葉を覚えると思う？」

「ハーフって自然とバイリンガルになるって先入観があるけど――違うのか？」

「違うの。お家で両親が一つの言語しか使わなかったら、ハーフでも片方の言語しか習得できない――よく考えれば、当たり前の話なのだけどね」

「なるほどな」

「パパとママは将来的にどちらの国籍も選べるように、両方の言語を使って会話してくれたの。ドイツ人のパパはドイツ語、日本人のママは日本語という具合に。だけど、旅行先で絶景を目にした時ばかりはパパにつられて、ドイツ暮らしが長かったママもウンダバーを連呼しちゃって。その癖が抜けなくなっちゃった」

幸せな思い出に浸るようにカレンは微笑む。心が温かくなるような表情だった。

「……退屈な話だったかしら？」

「そんなことない。カレンのことを一つ知れた気がしてうれしかった」

「そ、そう？　こんなことでいいのなら、いくらでも教えるけど……」

照れくさそうに目線をそらし、カレンは潮風に舞う金髪を小さな耳にかけた。

いつの間にか、意識しなくても自然な距離感で歩けている。

「あのさ、カレン。特別なことをしようと考えなくていいから、純粋にデートを楽しまないか？」

脚本とか、カンペとか――そういう大人たちの思惑には、カレンは触れなくていい。

汚れ仕事は、ボクセツに染まった俺がすればいい。

カレンはきょとんとした表情のまま、サファイアの瞳《ひとみ》を瞬かせる。

「それで、いいの？」

「それだから、いいんだ」

俺の言葉が響いたように、カレンはうんうんと何度も頷《うなず》いた。

「ありがとう、蒼志くん。気持ちが楽になったわ」

青い海原を背景に、まだ多少ぎこちないけれど、きらめく笑顔を向けてくる。

無表情という分厚いカーテンからふいに宝石みたいな表情をのぞかせるから、カレンという女の子は心臓に悪い。

弁天橋を渡り終え、江の島本島に着くと景観が様変わりする。

ここは江島神社に続く参道であり、湘南中のグルメやお土産処、果ては一目では何屋さんか判別できないレトロなお店が軒を連ねる仲見世通りと呼ばれる繁華街だ。

仲見世通りは王道のデートスポットだからもう何度も訪れたけど、それでも足を運ぶたびにお祭りみたいな賑わいにつられてわくわくしてしまう。

そんな時、同伴するスタッフがカンペを掲げていることに気付く。

——手つないで。

いつもの、やり口だった。

仲見世通りでは人混みの中で男女が密着して歩くため、番組内で手をつなぐための口実として使われる。

運営のラジコンに甘んじてきた俺だけど、今日ばかりは指示に従うつもりはなかった。

カンペの存在に気取られてないか、カレンの横顔をうかがう。

瞬間、心臓が跳ねた。

祭りばやしに誘われるみたいに、カレンの頰は期待感で赤らんでいた。

そして、俺に向かって初めて見せるような笑顔を咲かせたのだ。

光を集めるきらきらした瞳に、サイダーの海に沈むビー玉みたいに閉じこめられる。

「蒼志くん、いきましょう！」

日に透けるような白い腕を伸ばして、カレンは俺の手をとる。

一瞬、カンペに従っているのかと思ったけど違う――カレンの目には、俺しか映っていない。

「ど、どこにいくんだよ⁉」

「いいから走って！」

歌うように告げると、カレンは俺の手を引いて走りだした。

突然の事態に対応できず、スタッフたちは慌てふためくばかりでおき去りにされる。

カレンは金髪を踊らせながら、その様子をやんちゃな笑顔でながめていた。

そして、気持ちを共有するみたいに目を合わせてくる。なんだかおかしくて、俺まで笑いがこみあげてきた。

カレンと一緒に、賑やかな縁日を駆け抜ける。

露店に並ぶ綿あめのパッケージ、水滴がついたヨーヨー、金魚たちの遊泳――様々な色彩があふれ、それらが俺の気を引くように一瞬ですぎ去っていっても、金髪碧眼の少女は青空のもとで世界の中心でありつづけた。

カレンの生真面目《きまじめ》だったイメージが、真夏の日差しの中で溶けていく。

こんな表情を独り占めできる、本物の彼氏が少しだけうらやましく思ってしまった。

「――ここまでくれば、きっと大丈夫」

細い路地を折れると、カレンは乱れた息の合間にそういった。

その言葉通り、ボクセツの撮影班がやってくる気配はない。

「こんなことしたら、怒られるかしら？」

「あぁ、間違いなく運営からこっぴどく叱られるだろうな」

「その時は、一緒に怒られてくれる？」

「覚えとけ。すべての女子には、デートの失態を男のせいにできる権利がある」

こんな軽口も叩けるくらい、心の距離が縮まっていることに内心驚いてしまう。

「ごめんなさい。びっくりさせちゃったでしょ？」

「正直、中身だけ誰かと入れ替わったんじゃないかと疑ってる」

「それじゃ、疑いを晴らさなきゃ」

カレンは無邪気な笑い声をあげた。

正直、この状況は想定外だ。さすがの俺もツーショ中に、撮影を放棄するという暴挙に打ってでた覚えはない。

カレンの真意がわからなかった。多分、その疑問が顔にでていたから、なにもいわずとも答えをくれたんだと思う。

「蒼志くん、約束通り私を選んでくれたから。あの時、新海さんや倉科さんを選ぶこともできたはずなのに」

「あれは頭でそうしようと考えたわけじゃなくて、感情に流されて――」

言葉にした後で、残酷なことを口走っている自覚が生まれる。

今はそれでいいというように、カレンはほろ苦い笑みを浮かべた。

「あのね、私、蒼志くんが思っているほどいい子じゃないの。譲れないもののためなら、こんな悪いことだってできちゃうんだもの」

「譲れないもの……？」

「好きな人に、もっと、私のことを知ってほしい。うまくできるかわからないけれど、頑張ってありのままの自分をさらけだしてみせるから」

喧騒から離れた路地にいると、耳を澄ませばカレンの胸の高鳴りが聞こえてきそうだ。

「蒼志くんには、本当の私を見てほしい」

「……俺なんかでいいのかよ?」

「蒼志くんだからいいの。世界中でたった一人、きみだけ」

光が乱反射する世界で、俺はまた忘れがたい言葉をカレンから受けとった。

「それじゃ、まずあのお店にいきましょう」

「お店?」

確かにカレンが体を向けた先には、とあるお店があった。

「秘密のデートは、ここからが本番よ」


一時間後、俺は浴衣の袖《そで》を通りすぎる風の生ぬるさを感じていた。

隣には、きれいにまとめられた金髪が太陽のもとで輝きを放っている。

カレンがまとっているのは白と水色が織り交ぜられた、涼しげな草花柄の浴衣。

俺たちは着付けサロンで浴衣に着替えてから、改めて、江の島を散策しようとしているのだ。

サロンをでるなり、カレンは慣れない下駄《げた》を鳴らして、小さな歩幅で駆けだす。

そして、袖を風に踊らせるようにターンを決めた。

後ろを向いた拍子にヒスイ色のすりガラスがついた髪飾りが目について、金髪とのコントラストが息をのむほど鮮やかだった。

カレンは期待感で目を輝かせて、こちらをじっと見つめてくる。

ボクセツの不動蒼志とあろうものが、乙女心を理解するのが遅すぎだ。

「これなら、デート中に他の女に目移りする心配はなさそうだ」

「ふふっ、そうしてちょうだい。私から、目を離しちゃいやだからね」

カレンは照れくさそうに、だけど、まんざらでもなさそうに微笑む。

袖が触れ合う親密な距離感で歩きだし、目抜き通りへ舞い戻る。

仲見世通りの賑わいは、さらに増していた。混雑の中を頻繁に行き交うのは、ボクセツTシャツを着た大人たち。

撮影中に、不動蒼志が消えたのだ。そりゃ、大騒ぎにもなる。

だけど、スタッフたちは、すぐ横に俺とカレンがいることに気付かない。制服姿でいるという固定観念があるから、浴衣姿のカップルなんて目に入らないのだろう。

これが、カレンの狙いだったのだと気付く――鏡を見かけるたびに浴衣姿を映す浮かれっぷりを見るに、単純に着たかったという線もあるけど。

「蒼志くん、エスコートしてくれたらうれしいわ」

「任せろ。ここらへんは俺の庭だからな」

賑やかさにつられるように、足は縁日の方角へ向いた。

「暑い中、動き回って大変だったろ？　冷たいものでも食べにいくか」

「とっても賛成」

好感触を受けて、俺は頭の中でカレンがよろこんでくれそうな一軒を選びだした。

「どこにいくつもり？」

「かき氷の専門店。最近できたんだ」

器からこぼれそうなほどのふわふわした氷に、たっぷりのフルーツソースがかかった逸品で、ビジュアルも抜群なことからボクセツの女子メンバーも常連になっている。

あの店に連れていけば、間違いない。そう思ったのに――

「かき氷だったら、あそこがいい」

カレンは指差したのは縁日で見かける、なんの変哲もないかき氷の屋台だった。

俺は拍子抜けして、目を瞬かせてしまう。

「いいのか？　専門店はちょっと割高だけど、おごるから心配いらないぞ」

「そういうのじゃないの。あのお店でかき氷を買って、あそこで食べたい」

カレンは、日差しが直にふりそそぐベンチに目配せをした。

日焼けは美容の大敵だから、女子メンバーはクーラーが効いた店内で食べたがるものなのに――カレンには、俺のデータがまったく通用しない。

でも、デート中の女子にそこまでいわれてしまえば、断るわけにはいかなかった。

「わかった。カレンのプランでいくか」

「やった！」

意外なほどの子供っぽい笑顔で、カレンは巾着をぽんぽんゆらして駆けていく。

「慣れない下駄なんだから、転ぶなよ」

「蒼志くん、早くきて！」

聞いちゃいない。どんだけ楽しみなんだよ。

カレンに追いついて、かき氷を注文する。

屋台の主人もいきなり現れた金髪碧眼の美少女に目を丸くしながらも、シロップをかけたかき氷を二つ分手渡してくれる。

俺はレモン、カレンはブルーハワイを頼んだ。

しゃくしゃくと削った氷をスプーンで口に運ぶ。

のどを通っていく涼感が、暑さを和らげてくれた。

それにしても、専門店以外のこういう素朴なかき氷を久しぶりに食べた。

「……悪くないな」

「なにかいった？」

「なんでもないよ」

くわえたスプーンをくいくいと動かしながら、カレンへ横目を送った。

下駄を引っかけた足をぶらぶらして、子犬のしっぽみたいにご機嫌を表現している。

本当に、こんな安上がりなデートで楽しんでくれているらしい。

いや、むしろ異常なのは、ボクセツの価値観に毒された俺の方か。

「もっと、しゃれた店にいきたがるかと思ったよ」

「よく、見た目で判断されて困るのよね。好きな人となら、どこにいっても楽しめるわ」

「カレンみたいな彼女がいたら、チェーン店に連れていくのをためらうって」

「お店のグレードなんてソーセージよ」

突然、へんてこな日本語が飛びだして啞然としてしまう。

「……カレン、ソーセージって？」

「ドイツのことわざで、『どうでもいいこと』って意味なのだけど変だったかしら？」

きっと普段、家族やスクールの友達には当たり前のように使っているのだろう。

カレンは心当たりがなさそうに、目を丸くしながらきょとんとする。

そんな天然な仕草も相まって、笑いがこみあげてきた。

「あっはっは！　腹いてぇ！」

「ねぇ、笑いすぎじゃない？」

ミルク色の頰をふくらませる表情も、俺の肩を遠慮がちに叩く猫みたいなパンチも――すべての仕草が女の子らしくて、微笑ましい気持ちがあふれた。

「でも、カレンの印象が大分、変わったよ」

「どういうふうに?」

「大人びて見えるのに、子供っぽいところもあるんだなって」

「そうなの。心を許した人には、こんなことだってしちゃうわ」

そういうや否や、カレンはいたずらっぽい表情で「んべ」と舌をだしてみせる。

ブルーハワイを食べたから、ほのかに青く染まっていた。

瞬間的に確信した。たった今、目撃した仕草は、この夏のハイライトの一つになると。

「いました! あそこです!」

そんな大声で我に返る。

見ると、目を血走らせたボクセツスタッフが猛然と駆けてきていた。

「逃げるぞ、カレン!」

「えぇ!」

なぜか、俺からカレンの手を握ってしまった。

もっと、こんな魔法みたいな時間が続けばいいのにと思ってしまった。

白飛びするような強い光に満ちた世界を、カレンと二人で駆け抜ける。

ボクセツメンバーなら髪型が崩れるからと毛嫌いする汗のせいで、カレンの前髪はおでこに引っついている。

カレンはそれを直そうともせず、息を弾ませて走る。

きれいだと思った。今年の夏は、この女の子ためにあるんじゃないかと思えるほどに。

仲見世通りを抜けて、江島神社へ続く階段の中腹にある展望台に辿り着く。

ここなら弁天橋はもちろん、鵠沼《くげぬま》海水浴場や新江ノ島水族館まで見渡すことができる。

雑木林から聞こえる蟬時雨を背に、俺とカレンは海をながめていた。

徐々に、下の方が騒がしくなってきている。スタッフが、ここを嗅ぎつけるのは時間の問題だろう。

「……ねえ、蒼志くん」

「なんだ？」

「夢みたいな時間を、一緒にすごせた証拠がほしい」

ずるい俺は沈黙に縋ろうとした。

カレンの魅力を浴びて熱中症になっていた頭に、冷静さが戻ってきていたから。

「そんなふうに思っているのは、私だけかしら？」

でも、こう問われてしまえば答えないわけにはいかない。

「いや、俺も同じ気持ちだと思う。記念写真でも撮るか？」

「私、そういうの慣れてないから、蒼志くんが撮ってくれる？」

「よしきた。過去一、盛れる写真を撮ってやる」

「盛れるとか盛れないとか、私にとってはソーセージよ」

青空にかざすようにスマホを掲げると、カレンは自然と体を寄せてくる。

まるで、本物の彼女みたいな距離感だ。

「撮るぞ」

「うん、お願い」

撮れた写真を確認して、意表を突かれてしまう。

そこには、飾らない笑顔を浮かべる自分が写っていた――まだ、俺はこんな表情ができる人間だったのか。

もしかして、カレンのおかげ……なのか？

動揺をひた隠しにしながら、アプリでカレンにも写真を共有した。

「とても、いい写真ね。ホームの壁紙にしたいくらい」

「そこまで？」

「蒼志くんは違うの？」

カレンは唇をつんと尖《とが》らせて、氷の眼差しで圧をかけてくる。

悲しいことに、女子とのコミュニケーションに特化した脳はすぐに最適解を導いた。

「カレンがするなら、俺もそうしようかな～」

「棒読みなのが気になるけど――いい心がけね」

普通、ツーショ中に撮影した写真は運営に共有され、編集時に素材として使われる。

だけど、この写真は正真正銘、俺とカレン――二人だけの秘密だ。

その特別感が、久しぶりにスマホの壁紙を変える決断を後押ししてくれた。


スタッフから雷を落とされた後、俺とカレンは改めて江の島デートを行った。

そして、撮影を終えると鵠沼海水浴場にある海の家に移動した。

フラミンゴをイメージして、ピンクと白を基調にした過呼吸になるほどキュートな店内には、カウンター前にだけ吊りブランコの席が用意されている。

俺とカレンは、そこに座って撮影に臨んでいた――運営は、こういうフォトジェニックなスポットを見つけることに関しては天才的だ。

「いいか、カレン。締めにデートの感想を述べるまでがツーショだ。簡単でいいから、頭にカンペをつくっておくといい。いうことに困ったら、手伝うから」

「ありがとう。でも、大丈夫よ」

感想の撮影は、カレンから行うことになった。

「私は日本に住んでいながら、積極的に日本人の子たちと関わってきませんでした」

カメラを真っ直《ま》ぐ《す》に見つめながら、カレンは静かに口を開く。

「ナショナルスクールに通うことに決めたのも、怖かったからなんです。日本人の子ばかりの教室に馴染める自信がなくて――」

いつの間にか、カレンの語りに聞き入っている自分がいた。

「そんな弱虫な私だから、ボクセツに応募するのは足がふるえるほどの決断で――だけど、今なら勇気をだしてよかったと思えます。憧《あこが》れの人と、夢みたいな時間をすごせたんですから」

不意打ちのように親密な視線を寄こされて、心臓が跳ねてしまった。

感想を撮り終え、現場監督が満足げにオーケーをだす。

これで、めでたくカレンはツーショを一通り経験したことになる。

その時、撮影が完了したはずなのに、スタッフが慌ただしく動きだした。

現場の空気でカレンもそれを感じとったらしく、何事かと視線をさまよわせる。

迂闊《うかつ》なのは俺の方だった――ツーショには、まだカレンが知らない領域がある。

貸し切っていたはずの店内に、女の子が颯爽と入ってきた。

「――やほ、蒼志。特別ツーショは楽しかった？」

電撃的に現れたのは、水着姿のエマだったのだ。

絶句する俺をいいことに、エマは飄々とカレンへ話を向ける。

「カレン、ごめん。蒼志のこと、借りるね」

「え、ええ……」

カレンも理解が追いついていない。その返事に、意思が伴っていたかは怪しかった。

ツーショの最後に、別のメンバーが乱入してくるレアケース。

恋リアで最も盛りあがるシーンの一つである波乱の展開を、ボクセツファンは割り込みツーショと呼んでいる。

「ってなわけで、蒼志。エマたそとおデートしよ?」

本物の彼女のように、腕にじゃれついてくるエマ。

俺に選択肢はなかった。


エマと一緒に鵠沼海水浴場へでる。

砂浜を踏みしめる足の裏に、夏の鼓動を閉じこめたような熱を感じた。

日差しがぎらつくビーチを、水着姿のエマがジャックするように闊歩する。

男たちはエマに気付くなり目を釘付けにし、その後ろに俺を認めるとため息をついた。

エマを連れてビーチを歩くということは、男子にとってこの世のすべてを手に入れたに等しい——わりと、冗談抜きで。

「やっぱ、夏は海で遊ばないとアガんないってわけ!」

海水浴場中の視線を一身に集めるギャルは、手で庇《ひさし》をつくって太陽をあおぐ。

その天真爛漫なポージングは水着姿と相まって、エマの神がかったスタイルのよさを際立《きわだ》たせていた。

「あっ。水着エマたその来襲に、蒼志の蒼志もよろこんじゃってる感じ？」

「なんで二回重ねた？」

　一気に、いかがわしくなるからやめろ。

　ちなみに急遽、俺も水着に着替えている。

「で、どうする？　このまま溶けるまでビーチを歩くか？」

「あたし、波乗りたい！」

　二つ目の太陽が生まれたような笑顔でエマが告げる。

　そう、このビーチの女神様はサーフィンも達者なのだ。

　エマほど湘南の海と風を、オーバーサイズTみたいに着こなす女の子を他に知らない。

「じゃ、ボードを二つレンタルしてきますか」

「いやいや、蒼志。一つでいいんよ」

　たしなめるようなエマの発言に、俺は首を傾げる。

　だけど、その謎《なぞ》はすぐ解けることになった。

「――あぁ、こういうことね」

　俺とエマは、一つのボードに乗って海に乗りだしていた。

　二人の体重を支えながら、海上で抜群の安定感を誇るこの代物はSUP（スタンドアップパドルボーディング）で用いられる特殊なボードだ。

湘南でもマリンスポーツの一つとして浸透していて、ＳＵＰで海上ヨガなんかをしている人を見かけることも増えた。

ＳＵＰは腕でパドリングする必要がなくて、備えつけのパドルで漕いでいけばいい。

「大分、沖にでてきたな」

ふり返ると、浜辺を遠くに望むことができた。

ひしめく海水浴客がドットみたいに蠢《うごめ》き、夏が煽る下心を含んだ熱気もここまでは届かない。海を渡る涼やかな風が、足の指と指の間を吹き抜けていく。

俺たちは俗世から切り離され、海と空が織りなす青の狭間にいた。

「ここらへんでいいかな。蒼志、お話ししない？」

「あぁ、そうするか」

ボードの上に腰をおろす。

エマはまぶしい白を放つ生足を波間につけた。

「急に誘ってごめんね」

「いいよ。ちょっとびっくりしたけど」

「だよね。でも、早く確かめたくて」

「確かめる？」

「気持ち。あたしと蒼志の」

エマは自分を指差し、次に華やかなネイルの先端を俺に向けた。

「あたしら、何げに初ツーショじゃん？　蒼志ってば全然、誘ってくれないんだもん」

「悪い。春磨とエマの間に、俺が入りこむ余地はないかと思って」

すでに、エマは演技に入っている。

それに触発され、俺も煮えきらない二番手の男を憑依《ひょうい》させる。

「エマの方は、春磨とどうなんだ？」

「うん、もう何度もツーショに誘ってもらったよ。春磨といると、どきどきしっぱなしなんだよね。今だって十分好きなのに一緒にいるほど、もっと好きになっていく」

海面から素足を引きあげ、エマは抱えた膝《ひざ》に恋する乙女の顔をうずめる。

「やっぱり、知らなきゃよかった。嫉妬《しっと》で胸がちくちくする」

「それを聞けただけでも、蒼志をツーショに誘った甲斐があったかも」

「……意地悪だな、エマは」

繰りだされたアドリブを、アドリブで受けとめて物語が厚みを帯びていく。

改めて思う。エマがパートナーだと本当にやりやすい。

さっきのやりとりでこれ以上なくわかりやすく、エマの心は春磨と俺の間でゆれていると宣言した。

エマは俺とのアオハルを演じながらも、意識は視聴者への配慮を忘れない。

そんな超絶技巧を、自然にできる女子メンバーはエマという千両役者くらいだ。

「あたしは、蒼志の方が気になるんだけど。カレンとはどうなの？」

――きた、か。

実のところ、気になってしょうがなかったのだ。

エマが脚本で定められた三角関係に突如、現れたカレンというイレギュラーをどうあつかうつもりなのか。

「さっき、俺が特別ツーショに誘う相手を決める時があっただろ？」

「あったね。蒼志、まーじで格好よかった」

「あの時、エマとカレンで迷った」

こちらも、恋愛模様の登場人物を整理するという義務を果たす。

「でも、カレンとはシンデレラシークの時に約束したんだ。次のツーショに誘うって――だから、ああいう決断になった」

「蒼志はさ、カレンとどうなりたいの？」

「正直、まだよくわからない。カレンはいきなり、俺の中に居場所をつくったから」

ここは、脚色抜きの本音だった。

あの淡雪のようなキスから始まった、カレンとの関係がどうなっていくかなんて想像もつかない。

「そっか。あの流れでツーショに誘われたら、さすがのエマたそもくらっときたかもしれなかったのになぁ」

「もう一度、チャンスくれないか？　次は、必ずエマを誘うから——」

「——ねぇ、蒼志」

俺の言葉をさえぎって、エマは訴えかけるような眼差しを向けてくる。

「あたし、春磨とキスしちゃった」

言葉のなり損ないが口を突いた。

脚本上、春磨とエマが恋人として関係を深めることはわかっていたし、そもそも、エマは本物の彼女ではない。

それなのに、春磨とエマがキスをしたという事実に頭をぶん殴られたようで、ボード上でバランスを崩しそうになった。

「ぐずぐずしてたら、あたし、春磨のものになっちゃうよ？」

このツーショのために、エマが用意したキラーフレーズなのだとわかった。

今、この瞬間、俺はアオハルの天才にボクセツメンバーとしての素養を試されている。

その時、沖から大きな波が迫りつつあることに気付いた。

直感の火花が散って、一瞬のうちに打開のためのシナリオが頭で組みあがった。

依然として、俺とエマは見つめ合ったまま膠着《こうちゃく》状態の中にいる。

だけど、間もなく、凍りついた世界は動きだす。

あの波がボードをゆさぶり、俺とエマの手が偶然に触れ合った瞬間に。

自分自身にいい聞かせる——さぁ、不動蒼志、機械仕掛けの青春を遂行せよ。

「——きゃっ⁉」

波に遊ばれたボードが安定を失い、エマが甲高い悲鳴をあげた。

速やかにエマの手へ腕を伸ばす。

それなのに、後一歩のところで遠くの砂浜にカレンを見つけた気がして、指先がためらいを覚えてしまった。

「——ざんねーん。時間切れ」

そんな声が聞こえたと思ったら、事態が急変する。

突如、ボードが転覆したのだ。

海面に体を叩きつけられ、瞬く間に俺は気泡がたちのぼる海中にいた。

かなり沖にでていたため、足が水底に届かない。

——エマは⁉

水飛沫があがっていることに気付いて、俺は死に物狂いで近づいた。

海水をかき分ける肉体が、ぬくもりのある物体にぶつかる。

エマの体だ——そう理解した瞬間、がむしゃらに抱きあげていた。

「──あれ？」

そして、今更ながら気付くのだ。

いつの間にか、水底に足がついていることに。

腕の中にいるエマは、悪戯を成功させたキッズみたいな笑みを浮かべていた。

「……エマ。お前、やったな？」

「だって、こうでもしないと、あたしに触れられなかったでしょ？」

悪びれもなくエマは笑った。

「波を言い訳に使おうとしてたのも、見え見えだったし」

「マジか」

「だから、蒼志のシナリオ、ぜーんぶ利用させてもらっちゃった」

局所的に海が深くなっていることを見抜いた上で、ボードを転覆させて強制的にエマのシナリオに引きずりこまれたのだ。

「この、天才ギャルめ」

「そういう蒼志もなかなかだと思うけど？　まさか、あたしの無茶ぶりに、お姫さま抱っこでアンサーするとは」

そう、切羽詰まった状況だったのに、俺は反射的にエマを横向きに抱いていたのだ。

やはり、不動蒼志という人間は、骨の髄まで恋リアに蝕《むしば》まれているらしい。

「お前には負けるけどな」

「とーぜん。エマたそは恋リアにて最強のナオンなんで」

エマはお姫さま抱っこされたまま、俺の首にゆっくりと手をかける。

「ねぇ、ここだけの話してよき?」

「一応、撮影中だぞ」

「だって、ふり向いたら、あたしら、正気じゃいいいいられなくなるでしょ?」

今、望んでいるのは無限の水平線だった。

もし、ふり返って、浜辺から撮影している望遠カメラを意識した瞬間、俺たちはアオハルの修羅に肉体を乗っとられてしまう。

「……わかった。話ってなんだ?」

「さっき、カレンのことが気がかりで手を重ねられなかったでしょ?」

「そこまでバレてたのかよ」

「あたしらの間で、そういうくだらない遠慮はなしにしない?」

「どういうことだ?」

勝手がわからない子供を憐れむように、エマは妖しく微笑んだ。

「だって、普通にもったいなくない? 一人を好きになったからって、別の誰かを好きになっちゃいけないなんて。最初に好きになった人が、最愛だなんて限らないでしょ?」

「……本気でいってんのか？」

「ドン引きされることをいってる自覚はあるよ？　だけど、ここはボクセツで、あたしらはケダモノじゃん」

エマが耳元に吹きこむ言葉は、背徳的な響きがあった。

「それじゃあ、俺はエマもカレンも好きになっていいのかよ？」

「そっ」

自信なさげにこぼした俺の問いかけを、エマは呆気《あっけ》なく肯定する。

「蒼志は心おきなくあたしにも、カレンにも、そして、表舞台に姿を見せない誰かさんにも窒息するくらいおぼれちゃえばいーの」

氷水に触れたように、心臓が縮みあがった。

エマには、すべてを見透かされている。

とびきりかわいらしい女の子の形を象った、恐ろしいなにかを抱いているような心地になった。

「……そんな、ずるいことが許されていいのか？」

「いいんだって。今、目の前にいる女は他の男にキスしたくせに、蒼志に抱かれて気持ちよくなっちゃってるクズなんだから」

どんな常識から逸脱した行為であろうと、「ボクセツだから」という理由で納得しそうになる自分が怖い。

立ちくらみを覚える俺を洗脳するように、艶《つや》っぽい声が鼓膜を刺激した。

「――約束したよね？　一生忘れられない夏にしよって」

あぁ、そうだった。

ボクセツで人気メンバーになる人間は、どこか一つ頭のネジが外れている。

常軌を逸しているのはエマだけじゃない。春磨も、明日香だってそうだ。

全員が常人には理解できない狂気を孕んでいるからこそ、青春が死んだ学園で四天王にまでのしあがることができた。

なにを、今さら純情ぶろうとしてるんだ――不動蒼志も、その一人だろうが。

さっきまでカレンとデートしていたから、自分がきれいな空の下で生きることができる人間だと勘違いしてしまったのかもしれない。

俺が腹を括ったのが伝わったのか、エマは恍惚として微笑んだ。

「ほら、舞台に戻って、あたしと脳が溶けるくらい最高のアオハルしよ。まともなふりでいるのは、しんどいでしょ？」

「……あぁ、そろそろ限界みたいだ」

見つめ合う瞳が、ぼんやりと焦点を失っていく。

奥から滲《にじ》みでた、もう一つの人格に支配されていくように。

海と空が織りなす青の世界で、俺は最強の共犯者を抱いたまま砂浜の方角を望む。

常識の関節が外れる。倫理観が脱臼する。道徳がひしゃげる。

そんなぼろぼろになった醜《みにく》い腕でも、強く惹《ひ》かれ合うように目の前の恋人へ伸ばす。

偽りの、だけど、同じくらい本物でもある特別な想い人へ。

中断していた舞台の幕が開く——上映される演目は最低な嘘つきたちによる、最高の青春ごっこだ。

「蒼志、助けてくれてテンキュ」

「あぁ、次から気をつけろよ」

俺はゆっくりと、エマを海原におろした。

「なぁ、エマ、教えてくれ。俺はなにをすればいい？」

「どゆこと？」

「このまま、お前を春磨の元へ帰したくない」

その言葉が魂を穿《うが》ったように、エマの瞳孔がゆれる。

次の瞬間、端正な顔立ちからぞっとするほど恋しい色があふれた。

「じゃあ、チャンスあげる。今から目をつむるから、その間はなにしてもいいよ」

「……そっか」

すべてをゆだねるように、目を閉じたエマへ近づいていく。

美しいデコルテに引っかかった水滴が、豊かな胸の谷間へすべり落ちていった。

「これから、お前に一生残る傷をつける。許してくれるか?」

「いいよ。蒼志が、あたしに恋してくれるなら」

最後の確認に、エマは気丈に応えた。

答えを聞き届けた俺は、エマの濡《ぬ》れ髪を指でとく。

それは浜辺のカメラからは、花嫁衣裳のベールをあげる行為に映ったかもしれない。

顔をのぞきこむように唇を寄せる。

エマも、すべてを察したようにあごをあげた。

そして、俺たちはおとぎ話の王子様とお姫様がするようなキスをした。

あの日、あの部屋で互いの欲望を満たす獣のような口づけを交わしたのに。どうすれば、もっと感じるのか弱いポイントもばれているのに――そんな汚れた一切合切《いっさいがっさい》を、今だけは忘れて。

これは、俺たちのための口づけじゃない。

例えるなら、真昼《まひる》にあがった打ち上げ花火のようなキス。

この体を濡らす海に囲まれた島国――おおよそ、1億人に目撃されるための不実なラブシーンだ。

「……しちゃったね」

「……あぁ、やっちまった」

取れ高に達したことを察して、そっと唇を離す。

だけど、抱擁はやめられず、エマのまつげを数えられそうな密着状態のまま言葉を交わす。

血迷って、エマを巡り春磨と真っ向から対立するルートを選んでしまった。

脚本に従ったふりをしながら、のらりくらりと面倒な三角関係からフェードアウトしていくつもりだったのに。

それもこれも、連日のように最高気温を叩きだす夏と、アオハルの天才のせいだ。

「蒼志とのキス、体の芯《しん》まで響いちゃった♥」

魔性の唇に指を添えながら、エマは内緒話をするようにささやく。

俺のことを世界中の誰よりも好きなのだと、錯覚してしまいそうな笑顔で。

カレンの登場、そして、エマの割り込みツーショ——脚本には存在しなかったはずの要素をのみこんで、今シーズンのボクセツは加速していく。

果たして、脚本通りの結末に辿り着けるだろうか?

ふと、そんな考えが頭を過った。

ボクセツの撮影を明日に控え、俺は湘南のマンションに滞在していた。

「あおくん、ちょっといい？」

もちろん、今日も明日香がお泊まりにきている。

明日香より優先すべき用事なんてないので、リビングへ足を向けた。

「呼んだか、明日香?」

「うん。邪魔して、ごめんね」

先にお風呂に入ったため、明日香はパジャマ姿だった。

上着にはゆったりとしたルームウェアをまといながら、下はショートパンツをはいている。

お風呂からあがりたてで、薄桃色に上気したふとももがまぶしい。

明日香という女子はなにも知らないふりをしながら、どうすれば彼氏がよろこぶか完全に理解している。こういう点は、エマ以上にあざとい。

「それで、どうした?」

「ゲームしようと思ったんだけど、足りないものがあって」

「悪い、コントローラーをいつもの場所に戻してなかったか?」

「違うの。丁度いいイスが見つからなくて」

「イス?」

話が見えなくて、俺は首をひねる。

「座り心地がよくて」

「うん」

「人肌程度に温かくて」

「うん？」

「あたしが恋しちゃうくらい、格好いいイス」

「あー」

ようやく、明日香がなにをいいたいのかわかった。

だけど、わからないふりをする。もう少し味わっていたいと思わせるほど、愛らしいおねだりだったから。

「だめ？　忙しい？」

明日香は体をちょっぴり傾けて、甘えるように上目遣《うわめづか》いをお見舞いしてきた。

「俺の未来の彼女、かわいすぎだろ」

「あおくんって、たまに心の声がだだもれになるよね」

元々、明日香のお願いなら無理にでも叶えてきた俺だけど、最近は特にその傾向が顕著になっていた。

なぜなら、カレンとのキスが白日のもとにさらされてから、罪悪感を覚えていたから。

というわけで、俺はなにもいわずソファの前であぐらをかいた。

「やった」

俺が座ったのを見ると、明日香は子猫のように膝の上へ転がりこんできた。

お風呂からあがった後、ジルスチュアートのボディークリームで全身をケアした明日香は、信じられないほどいい香りに包まれている。

しかも、素肌がもちもちですべすべだし。裸で抱き合ったら、どうなってしまうんだろうと下世話な妄想をふくらませてしまうくらいに。

多分、これも明日香は計算してやっている。俺の未来の彼女、最高すぎんか？

「重くない？」

「46キロ、かな？」

「バカ。お風呂場の体組成計に残ってた数値見たでしょ？」

シャンプーがふわりと香る頭のてっぺんで、あごをぐりぐりとお仕置きされる。

この、じゃれ合いみたいなやりとりが心地いい。

「40キロ台をキープできる女子高生がこの世に何人いると思ってんだ？　さすが、モデルだな」

「あおくんは筋肉質なのにやせ型だから、わたしも体重管理が大変なの」

そういえば、「蒼志くんって、私より細そうだから彼氏にしたくない」と勝手にふられた経験がある。やっぱり、女子的には気になるのだろうか？

ともあれ、二人でゲームを楽しむ。

明日香がプレイしたのは、オンラインで対戦するアクションゲームだった。

ビビッドなアスレチックステージを、かわいらしいキャラクターを操作して攻略していく
――ストリーマーやＶＴｕｂｅｒがよく配信しているあれだ。

「え、待って。ここ難しい。落ちちゃう。あっ、あっ、あっ、あっ！」

「…………………」

男ってしょうもないと思われるだろうけど、女の子がプレイ中にだすこういう声ってなんか興奮しませんか？　俺だけでしょうか？

明日香が膝の上にいるというリスク満載な体勢なので、煩悩に浸るわけにはいかない。

「ここは、こうやるんだ」

「あおくん、上手だね」

手を重ねるようにして、コントローラーを握ってプレイする。

明日香の指は波によく洗われたシーグラスのように、つややかな感触がする。

「さて、と――」

「え、もう終わるのか？」

一つ目のステージをクリアしたばかりなのに、明日香はリモコンを手にとった。

「うん、もういいの。全部、このためだったから」

テレビが切り替わる。

流行りのバンドのエモい主題歌と共に流れ始めたのは、ボクセツだった。

背筋に悪寒が走る――俺は普段、配信は見ない。だけど、今週なにが放送されるかは見当がつく。

次の瞬間、俺とカレンとのキスシーンが画面いっぱいに映しだされた。

明日香はふり返りもせず、張り詰めた空気の中で番組を見つめている。

気安く指を撫でるというスキンシップは、この期におよんでとれなかった。

逃げたくても、明日香が膝に座っているため逃げられない。

ここに至って、俺はハメられたのだと思い知る。

明日香は、俺がカレンとキスを交わしたことを不問にしたのではない――最も効果的に尋問できるタイミングをうかがっていたのだ。

「なんだか、今週はすごく盛りあがってるね。そう思わない、あおくん？」

「……はい、仰《おっしゃ》るとおりです」

明日香からかもしだされる圧に負けて、ナチュラルに敬語になってしまう。

予想通り、番組は俺とカレンの急接近を大々的にとりあげていた。運営としても、不動蒼志が筋書きにない女子と絡むなんて夢にも思ってなかったのだろう。

俺とカレンが江の島デートをする様子が放送されていく。

「この間、なにかあったでしょ？」

「え？」

ふいに飛んできた鋭い指摘に、俺は言葉を失ってしまった。

「弁天橋を渡っていた時はよそよそしかったのに、散策の場面になった途端、恋人みたいな距離感になっているから」

確かに、二つのシーンの合間には、秘密のデートという出来事が隠されている。

「十万人のボクセツファンは欺《あざむ》けても、本物の彼女の目はごまかせないよ」

「……本当に、明日香にはなんでもお見通しだな」

背筋が冷たくなるほどの尋問タイムだったけど、居心地が悪いわけじゃなかった。

その裏に、とても深い愛も感じられたから。

「――わたし以外にも、こんな表情を見せる女の子がいたんだね」

テレビに向き直り、明日香がクッションを抱きしめながら言葉をこぼす。

「妬けちゃうな」

「明日香……」

「ねぇ、あおくん。如月さんとのツーショは楽しかった？」

「あぁ、楽しかった」

正直に白状する。ここで嘘をつくのは、あまりに不誠実だと思ったから。

「言い訳に聞こえるかもしれないけど、明日香には全部説明しようと思ってたんだ」

「知ってるよ。あの日、食堂に向かう前に、如月さんのことでなにか伝えようとしてたもんね」

ここで、男の言い分に耳を貸してくれる明日香は本当にいい女だと思う。

「他に如月さんのことで、わたしにいってないことある？」

「あの日のキスはカレンから迫られた。だけど、その後、俺の意思で抱き合った。カレンから、偽物でもいいから彼女にしてほしいって懇願された。その時に、ツーショに誘う約束をしたんだ」

男とはなんて愚かな生き物なんだろうと痛感しながら、罪を洗いざらい吐いていく。

そして、俺の裏切りはこれだけにとどまらない。

「明日香が見抜いた通り、弁天橋と江の島散策の間にカレンと秘密のデートをした。これが、その時の写真だ」

俺はスマホのロックを解除して、明日香の顔の前にもっていく――壁紙に設定されているのは、カレンとのツーショットだ。

ふり返った明日香は、じっとりと湿度の高い眼差しを向けてきた。

「やきもちで、めまいを覚えたのは初めてかも」

「……怒ってるか？」

「自分で確かめてみれば？」

明日香は、まどろむようにまぶたを落とす。

それはベッドの上で幾度も見た、キスを待ち望む仕草だった。

意を決して、俺は危険な罠《わな》に乗る。

唇同士が軽く触れる。淫靡《いんび》なリップノイズが、脳に火花を生じさせた。

明日香は自分の唇の狭間で、俺の下唇を愛でるようについばんでくれる。

我慢できなくて伸ばした舌も、すんなりと受け入れてくれた。気持ちが昂《たかぶ》ったように、明日香は俺の髪をかきあげてくる。

粗相《そそう》を働いた奴隷に、ご主人様から授けられたのは世界一優しいキスだった。

「若葉先輩から買った情報と少しでも食い違っていたら、さっきのキスであおくんの舌をかみ切ってた」

明日香は冗談めかした様子もなく、俺の心へ刻みつけるように告げた。

「天国か地獄だったってことか」

「それで、どっちだった?」

「天獄だった」

キスを許してもらった事実はうれしかったけど、「なぜ、明日香を大切にできなかったんだろう」という悔恨を生んで、同じくらい心苦しかった。

すると、明日香は俺の手からスマホを奪いとり、半ば強引に写真を撮る。

胸に押しつけるように返されたスマホのホーム画面には今、撮ったばかりの俺と明日香のツーショットが設定されていた。

「その壁紙から変えないって約束してくれたら、今回の浮気《うわき》は水に流してあげる」

「寛大な処遇、痛み入るよ」

「二度と、如月さんと関わらないっていう言葉で安心させてくれないんだね」

「それは、嘘になってしまうから。カレンのことは、なぜか放っておけないんだ。でも、恋仲になったり、肉体関係をもちたいわけじゃない。そこは信じてほしい」

めちゃくちゃな言い分だなと思う。男としてクズ同然の行為だとも思う。

でも、秘密のデートの時に目の当たりにしたカレンの純粋さは、ボクセツで無残に散らすにはあまりに惜しいと感じてしまったのだ。

全部わかっているというように、明日香は俺の胸に頬をうずめてくる。

「わたし、如月さんとは仲良くできないかもしれない。でも、あおくんに迷惑かけちゃうなら頑張ってみる」

「……いつも、苦労かけて悪い」

「ううん、いいの。わたしだって、こんなずるい方法であおくんを縛りつけているんだもん。おあいこだよ」

明日香は俺の胸の中にいながら、もっと甘えたそうに見つめてきた。

「ねぇ、ぎゅっとして?」

「あいよ」

我慢できなくなったように、もたれかかってくる明日香の肢体に腕を回す。

いよいよ、ボディクリームの香りが脳髄まで回る。

素肌はどこもかしこも、この世のものとは思えないくらい触り心地がよかった。

五感すべてを心地よく刺激され、明日香という海におぼれているようだ。

「もっと強くして」

「こうか?」

「もっと強く」

「おいおい、これ以上は痛いだろ」

「痛いくらいがいい。つぶれちゃうくらいがいい。不安なんだもん、あおくんがどこかにいっちゃいそうで」

「お前をおいてどこにもいかない。最後には、ご主人様のもとに帰ってくるから。明日香が、そう躾《しつ》けてくれたろ?」

「うん、わかってる。わかってるけど、安心したいの」

そういいながら、明日香は俺の首筋に鼻を当て、少しずつ上にずらしながら最後は耳の後ろあたりで深呼吸をした。

「明日香、それ好きだよな。変なにおいしないか?」

「ううん、すごく落ち着く。香水にしてもっておきたいくらい」

「俺も、明日香の頭皮のにおいが好きだ。特に、空気が乾いた冬場のにおい」

「わたしたち、同じくらい変態でよかったね」

「それな。案外、そういうシモの温度差で別れるカップルがいるって聞くし」

多分、俺たちはすでにどうしようもなく共依存の関係にある。

俺は明日香がいないボクセツ生活なんて想像もつかないし、明日香も俺がいるからボクセツに残ってくれているのだと思う。

だけど、俺も明日香もボクセツにいる限り苦しみ続ける運命にある。

死にきれなかった初恋が、そして、ペアネックレスのように分かち合った罪と罰が、俺たちを呪いのごとく結びつける。

でも、ふと怖くなる瞬間があるのだ。

この奇跡みたいなバランスで成り立った関係に亀裂が生じた時、二人はどうなってしまうのだろうと。

「あおくん、まだ元気あまってる？　眠たくないから、シ、タ、く、なってきちゃった」

「よしきた。今夜は寝かせないぞ、明日香」

「ふふっ。わたし、明日の朝日を拝めないかも」

冗談を交わしながら、俺たちはいそいそと服を脱がし合いっこした。

脳細胞が沸騰してしまいそうなほど、官能的な裸体がさらけだされる。

清楚《せいそ》なのに、匂いたつような色香をまとう純白のレースブラは、まるで、明日香のためにあつらえられた一点物のようだ。

明日香は俺の所有権を主張するように、首筋へ歯形を残す。

不健全な愛情表現だけど、その行為は「愛している」と叫んでいる気がした。

だから、俺はすべてを受け入れて、ケダモノと化した明日香の黒髪を撫で続ける。

テレビに目をやると、映像の中のカレンがこちらを見つめていた。

刹那、表現不能な衝動が脊髄を貫く。

感情の津波が全身を駆け巡り、どこかの回路が焼き切れた気配がした。

この瞬間、また一つ、俺は壊れてしまったのかもしれない。

第四章　ワンナイトを、親愛なるギャルと

Honmono no kanojo ni shitakunaru made, watashi de tameshite iiyo.

「よぉ。元気そうでなによりだ、プレイボーイ」

屋上に出た瞬間、サボり仲間からそんな声をかけられた。

塔屋《とうや》の上で、俺《おれ》を迎えてくれたのは若葉《わかば》先輩だ。

空に溶けこむ水色の制服をなびかせながら、今日も片手に電子タバコを携えている。

あれがステッキだったら、魔法少女に見える容姿なのが残念でならない。

「この間、倉科《くらしな》が鬼の形相でお前と如月《きさらぎ》の情報を買っていった時は、さすがにお得意様を一人失ったと思ったがな」

「生きてるって最高ですね。まぁ、別の意味で殺されそうになったんですけど」

「は？　どういう意味だよ」

「なんでも。ふわぁ……」

昨夜の明日香《あすか》との営みはドイツ産のスパイスが利いたのか、いつも以上に激しかった。

「おいおい、そんな調子で大丈夫か？　今日は、大事な撮影だろうが」

「それなんですよねぇ」

ボクセツは新シーズン開幕と連動して、ファンに恋路を追いかけたいと感じたカップルを選出してもらう――いわゆる、人気投票を行ってきた。

そして、今日が一堂に会したメンバーの前で、人気投票結果を発表する特別回の収録日なのだ。

脚本では、一位に輝いたカップルには豪華デートイベントが贈呈され、番組でのクローズアップが約束されることになっている。

全員強制参加の撮影なので、今日ばかりはサボれない。

それなのに、俺が屋上に訪れたのには訳がある。

「今日は、本来の要件できたんですよ。人気投票のリーク、仕入れてますよね？」

「それを早くいえよ。ほら、あがってこい」

仕事人の顔になった若葉先輩はあごを傾けると、死角へ消えていった。

俺は横にとりつけられた梯子《はしご》をのぼっていく。

塔屋の上は、若葉先輩のためのささやかな楽園がつくられていた。

ビーチパラソルがつくる影の下、駄菓子屋でしか見かけないレトロなベンチに腰かけ、ロリ成人済みＪＫという矛盾に満ちた存在は水を張ったビニールプールに素足をつけて涼をとっている。

「お盆玉です。お納めください」

「おい、私を親戚のガキあつかいするな。情報料っていえ」

面倒くさい先輩に諭吉を握らせる。

「まいどあり」

「それで、人気投票の結果は？」

「金をもらった手前こんなことをいうのもなんだが、買う価値もない妥当な結果だよ。今日、栄光を手にするのは春磨《はるま》とエマのモンスターカップルだ」

「なるほど」

「贈呈されるのは、クルーザーを貸し切っての離島巡りだとよ。これが、高校生のデートっていうんだから笑えるよな」

「参考になりました。それじゃ、俺はこれで――」

「せっかく、高い金を払ったんだ。最後まで聞いてけよ」

「デートの内容にまでは興味がないので」

回れ右をして、その場を去ろうとする。

「――結果を聞いて、ほっとしたんだろ？」

無意識のうちに足がとまっていた。

頭上から落っこちてくるカモメの声は、俺を小バカにしているように聞こえる。

「図星だな？」

「……さぁ、なんのことやら」

「なぁ、不動《ふどう》。お前、いつまで二番手に甘んじてるつもりなんだ？」

「わかりませんね。先輩がなにをいいたいのか」

「知らないとはいわせねえぞ。お前、第二のブレイク期を迎えつつあるんだよ。波の乗りようによっちゃ、この学園を支配できるくらいのな」

もちろん、気付かないわけがなかった。

カレンをツーショに誘ってから、いつにも増してカメラが俺を追うようになったから。

しかも、そこにボクセツが誇る最強ヒロインのエマまで割り込んできたのだ。

そんな怒涛の展開を、運営やファンが面白《おもしろ》がらないわけがない。

実は、怖くて仕方がなかったのだ——若葉先輩の口から、春磨とエマ以外の名前を聞くのが。

だから、想定内にとどまった現実に感謝して、冗談の一つでも口にしようと思う。

「これで、一発屋っていわれなくなりますかね」

「……クソガキが」

若葉先輩は吐き捨てるように告げた。

「チャンスは、誰《だれ》にでも平等にやってくるわけじゃない。それが、目の前にありながら手を伸ばさないのは怠惰以外の何物でもないんだぞ」

「そのチャンスに飛びついて、俺は二度と戻ってこないものを失いました。俺に好意をもったせいで、カレンまでそんな目に遭う必要はないんです——多分、あいつだけが、この学園で自分だけの青春を生きている」

「本当に失ったやつっていうのは、糸が切れたようにぷっつり諦《あきら》めるんだ。代わりに、現実から美しい思い出だけを箱庭みたいに切り離して愛でることを覚える。この学園は青春に値札をつけちまった、そんなやつらであふれている」

「深いですね。年の功ってやつですか？」

そう茶化して、「私は現役《げんえき》JKだ。殺すぞ」のお言葉を頂戴しようとしたのに——

「私の目には、まだお前はもがいてるように見える——違うか？」

投げこまれた言葉の鮮烈さに、はっと息をのんだ。

だけど、動揺は潮が引くように消えていく。

心を偽るのは、俺が最も得意とするところだ。

「もがいてるんじゃなくて、おぼれる一歩手前です。もうすぐ、俺もそっちにいきますよ」

「一つだけ、教えてやる。しかも、無料でだ」

「最近、それ多いですね」

俺の相槌も耳に届いてない様子で、若葉先輩は言葉を継いだ。

「深い地中にうずもれた石が、海を見たいと望んだ。それを哀れに思った神様が、一つだけ願いを叶《かな》えてやろうといった。さて、石はなにを望んだと思う？」

「なんですか、そのなぞなぞ?」

「いいから大人しく答えろ、ひねくれ者が」

考えてみたものの、まったく見当がつかない。

やがて、若葉先輩は見かねたように口を開いた。

あどけない横顔に、世話焼きなお姉さんの一面をのぞかせながら——

「自分を見つめるための目を望んだんだ」

「は? 意味がわかると怖い話ですか?」

「石の正体は瑠璃《るり》だったんだよ。海より青いウルトラマリンの原料になる、な」

「なんですか、それ」

誰が正解できんだよ。初見殺しすぎだろ。

俺は仏頂面のまま塔屋からおりて、屋上を後にする。

スタジオに向かう間、若葉先輩の寓話《ぐうわ》のような問いかけが頭から離れなかった。


「人気投票一位の座に輝いたのは、春磨くんとエマちゃんのカップルでした!」

ボクセツメンバーが集結した体育館に、MCを務める芸人の声が響く。

祝福を送るメンバーをかき分け、春磨とエマは仲睦まじくステージにのぼった。

MCから感想を求められ、二人は流暢にコメントしていく。

ふと、専属カメラに顔を抜かれていることに気付いて俺は表情をつくった。

雑に唇をかんでおけば、春磨に破れた二番手くんとして商品になる絵は撮れるだろう。

今日の仕事は、これで終わり——そう、肩の荷をおろした時だった。

「次に、二位にランクインしたカップルを発表します！　蒼志《あおし》くんとカレンちゃんのカップル、どうぞこちらへ！」

——は？

メンバーたちの驚きがこもった視線が、四方八方から飛んでくる。

頭が回らない中でも、ボクセツ人格は訓練された犬のように従順だった。

ふらふらと、覚束《おぼつか》ない足取りでステージへ向かう。

壇上では一足早く到着していたカレンが、ぎこちなく肘をさすっていた。

俺とカレンがそろったのを見て、MCはひと際陽気な声をあげる。

「蒼志くんとカレンちゃんにも、番組から特別なプランを贈呈しましょう！　なんと、二人にはお試しカップルとして同棲生活をしていただきます！」

い、い、い、い、い、い、い、い。

耳の奥で声が煩《わずら》わしいほど反響するものの、意味としてかみ砕《くだ》くことができない。

お試しカップル？　同棲生活？　俺と、カレンが……？

過剰な照明の光にめまいを覚えていると、カレンが不安げにつぶやいた。

「蒼志くん……」

「大丈夫、大丈夫だ……。俺がなんとかするから……」

俺はうわ言のように、そう繰り返すしかなかった。

退屈な嘘《うそ》で塗り固められた青春は、いつしか、俺の手を離れて暴走を始めていた。


撮影終わり、俺は校長室に直行していた。

「校長、いますか?」

「おや、蒼志じゃないか。丁度、呼びだそうとしてたところだったんだ」

悪びれることなく、歓迎の意を示すボクセツの支配者のデスクへ歩み寄っていく。

俺は焦燥と苛立ちがないまぜになった感情を隠して、ポーカーフェイスをつくった。

交渉は、先に感情を乱した方が負けだ。

「なんですか、さっきの茶番は?」

「随分なごあいさつじゃないか。あれほど、番組が盛りあがっためでたい日だというのに」

「……本当、俺の神経を逆撫でする天才ですね」

「説明を受けにきたんだろう? そんな前のめりでは、くたびれてしまうよ」

くつくつと笑う校長に、俺は舌打ちをしたくなる衝動をこらえる。

「俺とカレンが同棲するなんて聞いてません」

「生憎、私は全知全能じゃないのでね。人気投票の結果を予見して、脚本に盛りこめるはずないじゃないか」

「大人は論点ずらしがうまいですね。表彰されるのは、一位のカップルだけっていうルールはどこにいったのやら」

「ビジネスには変化がつきものなのさ。有望な投資先を見つけたら、金を注《つ》ぎこむ――それが、驚異的な速度でバズった君たち超新星カップルだったわけだ」

「……なにを企《たくら》んでるんですか？」

「知れたことを。君たちの青春を、かけがえのないものにするために私は在る」

エナジードリンクの成分で眠気を忘れた目をぎらつかせ、校長は宣言した。

「そうそう。これを蒼志に渡そうと思っていたんだ――今後の脚本だよ。不動蒼志と如月カレンの、ね」

背筋が凍りつく。クーラーが効いているはずなのに、嫌な汗がとまらなかった。

俺のせいで、カレンをボクセツの闇へ引きずりこんでしまった。

脚本を受け入れれば、カレンは偽ることを覚えてしまう。

あのひれ伏したくなるような純潔に、二度と落とせない汚れが付着してしまう。

明日香だけじゃ飽き足らず、俺は二人目の女の子も地獄に突き落とすつもりなのか？

ふるえがおさまらない手で、校長から悪魔の教本を受けとる――ただし、二つあるうちの一つだけ。

「——どういうつもりだい？」

理解しがたいというように、校長は眉《まゆ》をひそめた。

気をしっかりもて、不動蒼志。

確かに、この展開はバッドエンド一直線だ。だけど、まだ軌道修正はできる。

俺さえ、うまく立ち回れば——カレンを、青春の地獄から遠ざけることができる。

「ボクセツの支配者らしくない判断ミスですね」

「ほぉ、興味深い。私の目がくもっているというのかね？」

校長がイスに深く腰かけたのを見て、ここが正念場だと察する。

さぁ、無数の女を籠絡《ろうらく》させてきた口八丁を発揮する場面だ。

「特別ツーショでの暴走を忘れたんですか？　カレンは、恋心が赴くままに動くことしかできない。脚本で縛りつけて、大人しく従うようなタマじゃありませんよ」

「ならば、金の卵を放置しろというのかい？　次世代スター誕生のチャンスを逃せと？」

「だからこそ、一つだけ脚本を受けとったんです」

「……どういうことだね？」

威圧的に目を細めた校長を、ふてぶてしい態度で迎え撃つ——内心では、ミスが許されないというプレッシャーに苛まれながら。

「脚本を完璧《かんぺき》にインストールした俺が、カレンをリードすればいいんですよ。あいつは、素人です。脚本なんて与えたら不自然なふるまいになって、配信でバスったような映像が撮れなくなる。唯一、カレンとツーショをした男として断言します」

そう、これが最適解なはずだ。

この意見が通れば、カレンは偽りのアオハルを演じずに済む。まだ、誰のものでもないあいつの青春に、値札をつけることを防ぐことができる。

汚れるのは、俺だけでいい。あいつの心は、あいつだけのものだ。

「そんな主観にまみれた進言を受け入れろと？　そもそも、君が期待通りに働くという保証がどこにある？」

「今まで、俺は校長の操《あやつ》り人形に徹してきた実績があるはずですが？」

「しかし、君はカレンのそばにいながら彼女の暴走をとめるどころか、まんまと感化されて現場に混乱をもたらした――この点は、どう弁明するつもりだい？」

「次は、うまくやります。俺が二度も、間違うところを見たことがありますか？」

クーラーの稼働音だけが響く室内で、俺と校長は鍔迫り合いをするように視線を衝突させた。

「最高統括ディレクターを脅すとは、君も太くなったものだね」

「俺は鳥かごに囚われて、飼い主に求められた言葉を喋《しゃべ》るだけのインコじゃありませんから」

羽をもがれた蝶のあがきを見物するように、校長は底意地の悪い笑みを浮かべ――

「わかったよ。親愛なる君の意見を全面的にのもう」

そして、手元に残った脚本を破り捨て、ごみ箱に放ってみせた。

「どうだい？　これで文句はないだろう」

「……ありがとうございます」

交渉が成功して、俺は心の底から安堵《あんど》する——そう思った矢先の出来事だった。

突如、背後からノックが聞こえたのだ。

「おっと、気を抜くのはまだ早いよ。君の手にある脚本も隠した方がいい——どうぞ！　入ってきたまえ！」

反射的に脚本を内ポケットにねじこもうとする俺に構わず、校長は声を張りあげる。

間もなく、部屋へ入ってきたのはカレンだった。

「蒼志くんもきていたのね」

「あ、あぁ……」

状況が状況なだけに、さすがに目を合わせて話すことができない。

「なにを驚いてるんだい、蒼志。君を呼んだということは、カレンも招待しているに決まってるじゃないか。二人は今、最もアツいカップルなんだから」

このペテン師め——あらん限りの恨みをこめてにらみつけたものの、校長は鼻を鳴らすだけだった。

俺とカレンがそろったのをながめて、校長は満足げに組んだ手にあごを乗せる。

「さすが、ボクセツ屈指の美男美女。こうして、並ぶと壮観の一言に尽きるね」

「あの、校長先生。私たちはなんのためにここへ？」

「あぁ、そうだった。これを渡したかったんだよ」

校長が引きだしを手探ったのを見て、俺は身構えてしまう。

だけど、でてきたのは脚本ではなく、二つの鍵《かぎ》だった。

「同棲のため、番組側でシェアハウスを借りたんだ。その鍵を使って、撮影前に下見へいくといい」

俺に続き、カレンは受けとった鍵をクリスマスプレゼントのように胸へ抱いた。

「なんだか、合鍵《あいかぎ》みたいでくすぐったい感じがするわね」

「……あぁ、そうだな」

今ばかりは、照れくさそうに視線をよこしてくるカレンの仕草に酔えなかった。

まだ、肝心な同棲生活のルールが明らかにされていないのだから。

「二人にお試しカップルとして同棲してもらうのは、三日間を予定している。その間にも、アオハルイベントを用意しているから期待してくれたまえ」

断言できる。ぜっっっったいロクなもんじゃない。

「そして、同棲生活を終えたら、お試しカップルから、関係を進めるか否かの告白を学園の聖地――ボクセツシートでしてもらう」

「ちょっと待ってください！」

さすがに、黙っていられなかった。

そもそも、最初からお試しカップルという表現が引っかかっていたのだ。

「その告白って、シーズンのフィナーレにやるイベントですか？」

前シーズンで明日香をふったのも、関係をもった大勢の中から本命の一人を選ぶ最終告白だった。

「いや、意味合いとしてはそこまで重くない。私の認識では君たちは視聴者のわがままのもと、一時的にペアとなったにすぎない。だから、選択の余地を与えようというのさ」

「……そういうことですか」

「同棲生活の説明は以上だよ。舞台は、こちらで整えさせてもらった。そこで、どんな物語を紡《つむ》ぐかは君たち次第だ」

脚本を手がけた張本人であるはずなのに、校長はおくびにもださず口にした。

「二人とも、最高のアオハルを期待しているよ」

校長室をでると、廊下で立ち話をしているエマと春磨の姿が目に入った。

「あっ、蒼志！」

先に気付いたエマが、わちゃわちゃとしたフォームで駆け寄ってくる。

「ごめんけど、なかなかでてこないから出待ちしちゃった」

「あぁ、待たせて悪い。すぐに支度《したく》するから」

「――蒼志くん」

背中にカレンの声がかかってふり返る。

割り込みツーショの件があってからエマを警戒しているらしく、カレンの表情はどことなく強張っていた。

「よかったら、これからシェアハウスの下見にいかない？」

カレンは切り札を誇示するように、合鍵を掲げながら尋ねてくる。

俺は返事に迷う。いや、正確にはカレンに与えるショックを和らげるため、即答しないという小細工を弄していた。

「本当にごめん。下見にはいけない」

断られるとは思っていなかった――カレンはそんな表情をする。

「エマを家まで送らなきゃいけないんだ」

俺にとってエマと帰るという行為は、世界が滅ぼうが優先すべきルーティンだった。

「……そ、そうなのね」

「なんか邪魔してごめんね、カレン」

「別に、気にしてない」

エマに対して気丈にそう答えたものの、カレンの肩はいやいやと動いている——絶対に気にしてる。わかりやすい。

「下見に行く時間は必ずつくるから。約束する」

「うん、わかった。楽しみにしてる」

そう声をかけると、幾分ほっとした表情を見せてくれた。

今日は、カレンとはここで別れることになった。

正面玄関へと歩んでいく小さな背中をいつまでも見送る。

「あっ——」

どこか、そんな予感がしていた——廊下を折れる直前に、カレンがふり返ったのだ。

心が共鳴した感動を共有するように、俺たちは大きく手をふり合う。

「モテる男は大変だねぇ」

「お前が、ややこしくしてるんだろうが」

「きゃん!」

エマが茶化すように脇腹《わきばら》をくすぐってきたので、前髪をぐしゃぐしゃにしてやった。

すると、それまで、遠くで見守っていた春磨が歩み寄ってくる。

ただし、その顔にはいつもの和やかな微笑みはなく、やけに深刻な色を帯びていた。

「蒼志、ちょっとだけ時間をもらっていいかな?」

「あぁ、全然いいけど――どうした?」

外にもれるのを嫌うように、いつもより近い距離感で話し合う。

「如月さんのことなんだけど、彼女を深追いするのはやめた方がいいかもしれない」

「カレンに?　どうしてだ?」

「規格外なんだよ、彼女は。無名の新人が、蒼志のパートナーの座を射止めるほどのスピード出世をした前例があるかい?　今までは、如月さんの美貌と豪運が引き寄せた偶然だと思っていたけど、今日の一件で確信したよ――彼女の躍進には、なにか裏がある」

「お前の勘は大体当たるけど、今回ばかりは頷《うなず》けそうにないよ」

これまで接してきて、カレンがなにかを企んでいるなんて思えなかった。

俺が知るあいつは、大空に飛行機雲を引くように真《ま》っ直《す》ぐな恋心に生きている。

「まだ、仮定の話さ。でも、如月さんが番組を壊しかねない危険因子だとわかったら、僕は蒼志の恋路を応援するわけにはいかなくなる」

「心配するな。万が一、カレンが悪巧みをしていたら俺がとめるから」

「……そうだといいんだけどね」

「あれ、俺、信用ない?　マウンドに立つお前を、何度か救った気がするんだが」

「覚えてるよ。蒼志より、心強いバックはいなかった」

やっと、春磨から柔和な笑顔を引きだすことができた。

「でも、覚えておいてね。本物の青春は伝染するから」

春磨は俺の肩を軽く叩《たた》き、夕映えに染まる校舎へ消えていった。

置き土産のような言葉が、いつまでも鼓膜に残響して離れない。

「春磨とのお話、終わった?」

「あぁ、終わったよ」

エマが話しかけてきたので、俺は春磨の真意を探るのをやめた。

「蒼志、蒼志。どーよ?」

「なんだ?」

なにやら、気付いてほしそうにそわそわしているエマ。

だけど、我慢できなくなったようにおでこをぴんと指差した。

見ると、前髪はきちんと元通りにセットされている。

「あぁ、かわいいよ。すごく」

「あったりまえじゃん。我はボクセツの新海エマぞ」

「なら、確認するな」

「あはは!　じゃ、いこっか?」

「あぁ、帰るか」

いつも通り他愛もない会話を交わしながら、生徒玄関に向かおうとすると——

「あっ、そだ」

「なんだ？　忘れ物か？」

「カレンより、あたしを優先してくれてテンキュ♥」

エマのこういうところは、本当にずるいと思う。


帰り道がてら、エマは自宅の冷蔵庫が空だというので買い物にいくことになった。

百貨店がある駅前まで、タクシーでつける。

ボクセツのお膝元《ひざもと》だけあって、駅ビルを横断するように設置された巨大ボードには、俺とエマが恋人のように寄り添う広告が掲載されていた。

それを、素性を隠したエマとながめていると不思議な感覚に陥《おちい》る。

「ひっさしぶりに、お買い物できたぁ。一人でお店に入るのはまーじでリスク高いから、蒼志がいてくれて助かる」

「そりゃ妥当な警戒心だ。エマがいるってバレたら一大事だからな」

「それにしても、今日はえっぐい一日だったね」

エマの言葉に、「それな」と相槌を打つ。

「あたしも大事なデートが決まったし。そろそろ、どっちかに決めないとなぁ」

今シーズンも、メンバーたちが誰を一番手の恋人にするか思い悩む時期がやってきた。

「春磨、オア、蒼志」

「チキン、オア、ビーフみたいにいうな」

「うーん、どっちもおいしそうでまーじで悩む」

ガチの肉食系女子じゃねえか。

「蒼志も、まさかのカレンと同棲生活することになったしね」

「俺もいまだに、夢なんじゃないかと思ってる」

エマが、こちらの反応をうかがうような視線を寄こしてくる。

間合いを計るような沈黙が続き、やがて、神妙な声がすべりこんできた。

「実はさ、待ってる間、蒼志と校長の話を盗み聞きしてたんだよね」

「……そうだったのな」

「怒った？」

「エマだったら、貸したラノベのページを折っても怒らない」

「じゃあ、シンプルに思ったこといってよき？」

「なんなりと」

「蒼志のカレンに対する執着って、かなり異常だよね。女の子を好きになったというより、カレンの中に見つけた神様を崇拝してるみたい」

「……そうかもな」

いい得て妙だったので、俺は反論しなかった。

「でもさ、蒼志だけが汚れ役を引き受けるのは違くない？」

「ボクセツの闇に、カレンを近づけたのは俺だ。だから、俺にはあいつのなにも知らない幸せを守る義務がある」

「この世界に飛びこんできたのは、カレンの意思だったんでしょ？　なのに、きれいなものだけ見せて、汚いものがでてきたら目を覆《おお》うの？　それって不誠実じゃない？」

「都合いいことをいってるのはわかってる。でも、カレンだけはボクセツに染まってほしくないんだ」

去年の夏の俺にはまだ手の内にあって、今年の夏の俺には永遠に失われたもの——誰かを、真《ま》っ直《す》ぐに好きになれる力を失ってほしくなかった。

それは、きっと、かけがえのない才能だから。

「なーんだ、単純なことじゃん」

「どうした？」

エマが腑《ふ》に落ちたような顔をしたから、俺は尋ねてしまう。

その好奇心が、命取りになった。

「それってさ、蒼志が最初にカレンを汚したいってことでしょ？」

俺が、カレンを、汚したい……？

脳にねじこまれた言葉を否定したくても、心の奥底が納得してくれない。

俺は、カレンの中に息づく青い鼓動を守っているつもりでいた。

だけど、それはカレンの純潔を独占する口実にすぎなかったんじゃないか――新たに浮かんできた可能性に、血が凍りつくほどぞっとした。

「あたしも、ボクセツで生きるにはカレンは白すぎると思う。きっと、蒼志がやらなくても、誰かがカレンを汚すよ」

カラオケ店のスピーカーから流行りの曲が垂れ流されているのに、エマの声は鮮明に鼓膜を打った。

「だから、いっそのこと、蒼志が汚してあげればいいじゃん。そしたら、あたしらの仲間入りするわけだし」

「……不安なんだよ」

心の皮膚をぺりぺりとはがされ、俺は白状するように告げた。

「エマが、どれほどの困難にさらされてるか知ってるからこそ」

「蒼志……」

感傷的な想《おも》いに浸るのは後回しだ。エマに危機が迫りつつある。

「エマ、気付いてるか?」

「……あぁ、やっぱり?」

「駅前におりてから、ずっと後をつけられてる」

雑踏に紛れた悪意を、背中にひしひしと感じた。

タイミングよく、居酒屋が並ぶ通りに路地が口を開けているのを見つける。

「俺がいけといったら、あそこに駆けこめ」

「うん」

頃合《ころあい》いを見計らい――

「いけ！」

一斉に走りだし、目的の路地を折れた。

エマをそのまま走らせ、俺は壁際で待ち構える。

間もなく、人影が走りこんでくる。隙だらけの側面へ思いっきり肩をぶつけてやった。

次の瞬間、野太い悲鳴があがり、キャップを被った男が尻《しり》もちをついた。

足元に転がるカメラを拾いあげると、ひどくうろたえた顔で俺を見上げてくる。

「RECになっていて、しかも、メモリにはエマの盗撮動画がたっぷり。これだけ証拠がそろって、さすがにいい逃れはしないよな?」

「……多分、その人、いつもつきまとってくる男の一人だと思う」

距離をとったところから、エマが硬い声で伝えてくる。

こいつがエマに執着しているファンのなれの果てなのか、ボクセツメンバーの盗撮動画をあつかうクソ業者なのかは知らないし、そんなの知りたくもない。

今は一秒でも早く、この醜い存在をエマの前から消し去りたい——その一心だった。

「気付かないとでも思ったか？　仕事柄、カメラを向けられるのには敏感なんだよ」

「や、やめろ！　撮るな！」

今まで無数の悪事を働いてきたカメラで、芋虫のように地面を這いずる男を撮る。

これで、帰り道にエマのストーカーを撃退するのは何度目だろう。

きっと、こいつを懲らしめても、エマのつきまといは無限に湧《わ》いてくるのだろう。

それでも、俺はいわなければならない。

「警察のお世話になった後、お仲間さんにも伝えとけ。エマに危害を加えるやつらは全員残らず、不動蒼志が同じ目に遭わせてやるってな」


高校生のなりたい職業に、恋リアメンバーがランクインする酔狂《すいきょう》な時代。

だけど、同時に子供に就かせたくない職業にも、恋リアメンバーが筆頭に挙がっていた。

将来、俺に子供ができたとしても、ボクセツには絶対に関わらせないだろう。

ボクセツの人気メンバーは芸能人なみの知名度を誇りながらも、普通の高校生として生活しているため日常生活で危険な目に遭いやすい。

そんな受け売りの情報を肌で感じたのは、アオハルの天才と出会った時のことだった。

あのころ、俺はボクセツの世界に飛びこんだばかりの無名メンバーだった。

撮影を終えて駅へ向かう最中、俺は薄暗い路地裏に不穏な光景を見つけてしまった。

柄の悪い男二人組に、女子高生が絡《から》まれていたのだ。

別に、正義感をふりかざしたかったわけじゃない。

でも、なんとなく気になって足をとめていた。

そして、女子高生の顔に見覚えがあることに気付く。いや、存在そのものからあふれだす特別なオーラが、鈍い俺に気付かせたというべきか。

彼女は、アオハルの天才と名高い新海エマだったのだ。

やがて、事態が急変する——俺の前を横切り、男子高校生がエマのもとへ颯爽と駆けつけたのだ。

「お前ら、その子から離れろ！」

不良の威圧に怯《ひる》むことなく、男子高校生は勇敢に立ち向かった。

エマのことを認識していたから、ボクセツメンバーだったのだろう。

二対一を強いられて不利かと思いきや、男子メンバーは不良たちを蹴散《けち》らしてみせた。

「エマさんだよね？　怪我《けが》はなかった？」

そう語りかけながら、男子メンバーは優しくエマへ手を差し伸べる。

まるで、少女漫画のようなワンシーン。これがきっかけで、恋心が芽生えるような——

俺は嘘くさいほど理想的なボーイミーツガールに割りこんでいく。

目の前で起こっている一切合切《いっさいがっさい》が、嘘だと知っていたがゆえに。

「なに、ヒーロー面してんだよ。お前もグルだろうが」

男子メンバーの肩をつかむと、得意満面だった表情が途端に歪《ゆが》んだ。

「な、なんだよ、お前⁉」

「さっき、あの不良二人組とファミレスでつるんでるの見たぞ」

そう、あの鮮やかすぎる救出劇は、ボクセツきっての人気者であるエマに恩を売るための策略だったのだ。

「また、拳《こぶし》で解決してみるか？　生憎、俺はわざとやられてやれないけどな」

一回りサイズが大きな俺の体を見て、男子メンバーは唇をかんだ。

ボクセツの出世レースは過酷だ。だからこそ、番組内の駆け引きでは飽き足らず、メンバーのプライベートにまで権謀術数の魔の手がおよぶことがある。

その対象がボクセツの中心であるエマとなると、どれほど日常を荒らされることになるのか――俺の貧弱な脳みそじゃ、想像もつかない。

男子メンバーは葛藤した末に逃亡を選んだ。賢明な判断だと思う。

「人気者も大変だな。こんな、ろくでもないことに付き合わされて」

路地裏に残された俺は、無言で佇《たたず》んでいたエマに声をかける。

「――終わった？」

意表を突かれてしまう。

まるで、つまらない演劇を鑑賞するように、整いすぎた顔立ちには無が貼《は》りついていた。

「……その顔だと、仕込みだって見抜いてたみたいだな」

「仕込みだとか、仕込みじゃないとか興味ない」

心を波立たせるのも億劫だというように、エマは淡々と告げた。

それで、思い知る――新海エマにとって、この程度のトラブルなど日常茶飯事なのだ。

「それで、今度は君を好きになればいいの？」

「は？」

「君もボクセツメンバーでしょ？　はじめましての子？　それとも、ピだった子だっけ？　まぁ、どっちでもいーや」

異常な会話が、ひとりでに進められていく。

「あたしに近づいてきたってことはアオハルがほしいんでしょ？　いいよ、好きなだけあげる。偽物でいいなら」

初めて、エマに棲みついた怪物に触れた日だった。

エマにとってすり寄ってきた相手が悪人であろうが、善人であろうが、罪人であろうが、聖人であろうが関係ないのだ。

呪《のろ》われたボクセツの姫のごとく、謁見を求める相手には誰であろうと最高の青春を授ける。蜃気楼《しんきろう》のような、相手の名前すら記憶に残さない刹那のアオハルを。

「どしたの？　返事ちょうだいよ。見返りがほしくて助けたんでしょ？　頷いてくれたら、この瞬間から完璧なカノジョになって腕を組んであげるけど？」

ボクセツの化身が放つ迫力にのまれ、俺は押し黙った。

だけど、同時に恋心を摩耗させる少女の心が、悲鳴をあげているように思えたのだ。

そうだ。ここから、すべてが始まった。

「それじゃあ、俺と一緒に下校してくれよ」

「は？　なにそれ？」

初めて感情のゆらぎが生じたように、エマは眉根《まゆね》を寄せた。

今では信じられないけど、昔のエマはカメラの外じゃにこりとも笑わなかったのだ。

「毎日、美少女ギャルと帰れるなんて最高にアオハルだろ？」

もし、毎日のようにエマがトラブルに巻きこまれているのだとしたら、せめて下校の間だけでもほっとできる時間をすごしてもらいたかった。

この日を境に「エマと下校する」という贅沢で、責任重大なルーティンが生まれた。

一緒に下校するようになって、エマが日常的に危険な目に遭っていることを知った。つきまとい、盗撮、特殊詐欺、痴漢行為――あげていったら、キリがないほどに。

最初は、少し後ろをついていくようにしてエマを護衛した。

少し経《た》って気付けば、隣り合って歩くようになっていた。

桜の花びらの絨毯が広がる春も、うだるような暑さの夏も、冷たい風が首元に入りこむ秋も、たまにふる雪に大はしゃぎした冬も——毎日、エマと同じ道を歩いて帰った。

気付けばなんでも話せる仲になって、お調子者で天真爛漫なふるまいも、寝る前には必ず思いだしてしまうくらい愛らしい笑顔も見せてくれるようになった。

俺は明日香をこの世で一番愛しているし、カレンをボクセツの汚れから守りたいとムキになっていることも認める。

だけど、それらの気持ちに負けないくらいエマには幸せになってほしくて、そのためだったらできる限りのことをしたいと思うのだ。

どれも偽りない想いだからこそ、俺はどれも捨てることができない。

こんな倒錯した感情は、こんなエゴというべき衝動は、不誠実なのだろうか？　悪なのだろうか？　裁かれるべきなのだろうか？

少なくとも、世間には顔向けできない行為なんだと思う。

どんなに言い訳をこねくり回そうが、三人の女の子と関係を続けていることには変わらないのだから。

俺は破綻が約束されている獣道を進んでいる——最近、特にそう感じるのだ。

ストーカーをしかるべきところに突きだしたら、随分と遅い時間になってしまった。

やっとのことで、エマが住むタワーマンションが見えてくる。

今日は、本当に色々あった。

でも、もう一つだけ、どうしても触れておかなければならないことがある。

「なぁ、エマ?」

「なに、蒼志?」

「俺たちの間で、水くさいことはなしにしないか?」

そういうと、エマは目を瞬かせた。

違和感は最初からあった。

エマは久しぶりの買い物だといった。冷蔵庫が空だともいった。

そして、エマは俺以上に多忙で、毎日のように湘南に滞在している。

それなのに、エマが買い物かごに入れたのは、そして、俺が手からぶらさげているビニール袋には、もって一日分の量しかなかった。

「どういう事情かは知らないが——エマ、お前、家に泊まってないだろ?」

すでに、夕日は西の空に落ちてしまった。

昼の熱気の余韻を含んだ風に吹かれながら、エマは押し黙っている。

頭の回転が速いこいつのことだ。この期におよんで、はぐらかすことができるか計算しているのだろう。

だけど、そうはいかない。記憶を辿《たど》れば、証拠は腐るほど転がっていた。

「前に招待してもらった、なかよちルームだっけ？　ずっと引っかかってたんだ。あの部屋、やけに生活感があったから」

冷蔵庫には弁当や飲み物が詰まっていたし、シャワールームまでついていた。

エマだからこそ、もらえた特別な楽屋だと思っていた。

だけど、真相は違う。エマはマンションに帰るには帰っていたんだと思う。

おそらく、着替えをとってくるなどの用事を済ませるため一時的に。

「あそこ、お前にとっての避難所だったんじゃないのか？」

「……あーあ、やっぱ、蒼志にはバレちゃうか」

夕闇《ゆうやみ》の中、エマは嘘がばれた子供みたいな表情を浮かべる。

だけど、同時にその笑顔には、感傷的な影が差していた。

「説明してくれ、エマ」

「でもいいの？　蒼志に迷惑かけちゃうかもよ？」

「好きな女にかけられる迷惑なんて、なんぼあったっていいですからね」

「蒼志って絶対、女関係で地獄見るよね」

「実際、もうなりかけてる」

「自覚あったんだ」

軽口を叩くのをやめて、エマは神妙な面持ちをつくった。

「この間、マンションに不審者が入ったんだよね」

「ま、マジか……⁉」

エマが呆気《あっけ》なく語ったから、内容の深刻さを見誤りそうになる。

マンションに寄りつかなくなるのも、避難所を用意してもらったのも納得がいった。

「怪我はなかったのか？」

「うん、平気。ベランダに人影を見つけた瞬間、隣に逃げこんだから」

「隣？」

「親戚の人。信用できる人だからって、ママが頼んでそばに住んでもらってるんだよね」

その事実に、ひとまず胸を撫でおろす。

「後から親戚の人に部屋を見てもらったり、警察にも相談したんだけど犯人はつかまらなくてさ。さすがに気持ち悪くて、マンションに泊まれなくなっちゃった」

「……大変だったな」

これほど、頻繁に日常を脅かされるエマに同情を禁じ得ない。

怒りを覚えていた頭に、ふと疑問が過った。

「でも、どうしてベランダに不審者が？　エマが住んでるのは高層階だろ？」

「ね？　あたし、頭悪いからわかんないや」

エマは諦念をちらつかせて苦笑する。

なぜだろう。そんなエマの姿が、思考を放棄しているように映ったのだ。

でも、俺は一つの仮説に辿り着いていた——口にするのも、憚《はばか》られる残酷な可能性を。

「……エマ。俺に任せてもらったらなんとかできるかもしれない」

エマは目を大きく見開き、ぱち、ぱちと瞬きをする。

だけど、覚悟を決めたように頬《ほお》へ力をこめ——

「——うん、いいよ。全部、蒼志に任せる」


インターホンを押すと、よく肥えた中年男性が怪訝そうにドアを開けた。

「……どなたですか？」

「エマさんの友人の不動です」

「あぁ、エマの。ボクセツの方ですよね？　すみません、番組を見ないもので」

俺が訪れたのは、エマの隣に住んでいる親戚の男だった。

「気にしないでください。隅でちょこちょこやってるだけの脇役《わきやく》なので」

適当に答える。長引かせるつもりはなかった。

「突然ですけど、これ見てもらえますか？」

きょとんとする男に構わず、スマホを突きつける。

表示していたのは以前、エマを送った際にマンション前で撮った二人の男が話し合っている写真だった。

「このうちの一人、あなたですよね？」

返答は求めてなかった。事前に、エマにチェックしてもらっていたから。

呆気にとられる男に向けて、俺は化けの皮をはがすための言葉を吐く。

「そんで、取引してるらしき相手の男——この間、エマさんの部屋に押し入った犯人じゃないですか？　もしくは、これから入る予定の男」

「一体、なにを……」

親戚の男は、明らかに平常心を失っていた。

冷静な思考をとり戻してしまう前に、一気にたたみかける。

「ボロい商売だよな。金をもらった見返りに、変質者を自分の部屋のベランダからエマの部屋に渡らせる。侵入がばれたら、エマを匿ってる間に取引相手を逃がすだけでいい。挙句の果てにエマにすり寄って、見守り代とかいって謝礼までもらってんだろ？　ボクセツメンバーを食い物にする典型的な『親切な親戚』ムーブだな、おい？」

俺にも、この類いのクソ野郎には覚えがある。

ボクセツで名前が売れてから、急に親戚を名乗る人物が増えた。

そのうちの一人がマンションのオーナーをしていて、格安で部屋を貸してくれるというので好意に甘んじたのだ。

後日、おぞましい現実に直面することになる。

貸してもらった部屋には、隣に通じるのぞき穴が開けられていた。

そのオーナーは高額の謝礼をもらって、ファンという名の犯罪者を隣室にあげて俺を見世物にしていたのだ。

「なんのつもりだ……!!　いきなり、こんな言いがかりをつけてきて……!!」

狙《ねら》い通り、親戚の男の言葉が荒くなる。

乱暴な言葉をぶつけられたら、乱暴な言葉で返したくなるのが防衛本能だ。

そして、頭に血がのぼった人間というのは、概してヘマをしやすい。

「言いがかり？　それじゃ、確かめてみます？　警察沙汰になった際に、不審者の似顔絵を描いてもらったそうですね？　俺も、あなたが色んな人と交渉してる写真を撮ってきたんですよ。その中に、一致する顔があるかもしれない」

ブラフだった。俺が撮った写真は一枚だけだ。

だけど、相手が冷静な判断力を失っている今なら――

「正義面しやがって……!!　不相応な金をもらった頭のゆるいガキに、小金を払わせることのなにが悪い……⁉」

はい、ゲームオーバー。

人をだまして汚い金を稼ぐなら、感情をコントロールする術くらい覚えておけ。

「いっておくが、俺は正義の味方じゃない。ドブ川がマシと思えるほど汚れてる。だからこそ、あんたみたいな同類のクズのにおいを嗅ぎわけられるんだけどな」

そう、嘘を仕事にするという意味では、俺もこいつも大差はない。

ただ一つ、違う点があるとすれば——俺はいくら金を積まれても、エマを裏切らないということくらいか。

残る仕事は、エマにまとわりつくこの羽虫に殺虫剤をまくだけだ。

「このまま大人しく引きさがるなら、不問にしてやる。わかったら、さっさと俺の彼女の前から消え失せろ」

男が苦悶の表情でうな垂れたのを見届けて、俺はドアを閉めた。

ふわふわとした足取りで、エマの部屋へ歩いていく。

冷静に、冷静にと努めていたのにこのザマだ。結局のところ、俺は粋《いき》がっているだけのガキにすぎない。

目論見は、おおむね成功したといっていい。

だけど、俺は最後の最後で信じられないミスを犯した。

「どうして、彼女なんていっちまったんだ……」

壁に背中をこすりつけるようにして、その場にへたりこむ。

あの時、言葉を選ぶ余裕はなかった。咄嗟《とっさ》に、エマのことをそう表現したのだ。

ならば、俺はもうエマを恋リア内だけの恋人ではなく、一人の女の子として――

不穏な思考を打ち切る。

エマのことを想う時、どうしても明日香とカレンの顔が過る。

それだけじゃない。明日香のことを想う時、エマとカレンの存在がフラッシュバックするし、カレンのことを想う時、明日香とエマは必ず頭の片隅でこっちを見ている。

ボクセツとリアルの二重生活――もろい土台の上に建てた砂の城のような人間関係が、俺の常識を蝕《むしば》んでいく。

こんな倒錯した気持ちのまま、エマに会いにいくのは危険だ。

俺はぐったりと座りこみ、心をかき乱す荒熱が引くのを待った。


迷った末、シンプルに結論を伝えることにした。

「終わったよ。不審者は、もう現れない」

玄関前に立ったエマは、どこか予期していたように「うん」と頷いた。

「それと、お隣さんなんだが近いうちに引っ越すと思う」

「そっか……」

エマは豊かなまつげを伏せ、たったそれだけ口にした。

そして、肌寒さを覚えたように二の腕をさすりながら——

「本当は、わかってたんだ。親戚の人が怪しいこと。それなのに、疑いたくなくて目をそらしてた。あの人、いってくれたんだよね。守ってくれるって。バカみたいだけど、あたし、その一言がホントうれしくて、涙がでるくらいほっとして——」

「……エマ」

痛みをこらえるような表情を見ていると、華奢《きゃしゃ》な肩を抱きしめたくなる。

「——だけど、また一人になっちゃった」

エマはそんなことをいう。真夏に凍えるように体をふるわせながら、今にも泣きだしそうな声で。

それ以上いくなと理性が引きとめる。

だけど、この胸を突き動かす衝動はどうしようもないほど本物で、俺は肝心なところで嘘つきになれなかった。

エマをぎゅっと抱きしめる。心にまで体温を届けたくて強く、強く。

胸の内で小動物みたいにエマがもぞもぞと動き、肩へ遠慮がちにあごを乗せてくる。

俺は口元の位置にある、いくつものイヤリングに彩《いろど》られた耳にささやく。

「正直、ちょっと傷ついた」

「傷ついた？　蒼志が？　なんで？」

「また、一人になった——お前、そういったな？」

「いったけど、それがなに？」

「俺は、エマに寄り添う一人に入らないのかよ？」

ゼロ距離で、エマが息をのんだのが伝わってきた。

「俺は、お前の前から消えないぞ。今だって、エマと下校できる日を心待ちにしてる。風が強い日なんて、うきうきだ」

「は？　なんで？」

「たった一言じゃ、俺の文学的かつ高尚な気持ちは伝わりきらないと思うけど、一応いっておこう——エマのスカートはガチで短い」

「……さいてー」

「最低でもなんでもいい。ただ、それって一人とはいえないんじゃないか？　たとえ、隣にいるのが、犬みたいに盛った男子高校生でも」

「なにそれ、ずるくない？　口説くなら、ちゃんと口説いてよ。笑えばいいのか、泣けばいいのかわからないじゃん」

「好きにすればいい。俺にとっちゃ、どっちのエマも捨てがたい」

「バカ蒼志。胸貸せ」

「仰せのままに、お姫さま」

エマは、俺の胸にもぐりこみ額を押し当ててくる。

間もなく、しゃくりあげる声が聞こえてきた。

だから、俺はなにも聞こえないふりをして、体温が通ったぬくい髪を撫でる。

やがて、エマは感情があふれたように、俺の背中のワイシャツを握った。

「……ねぇ、蒼志のこと困らせていい？」

「泣いてるギャルのお願いを断れる男が、この世にいるとでも？」

心のどこかで、こうなることは覚悟していた。

多分、肉体がつぶれるほど抱き合っているから、互いに心の中が筒抜けなのだろう。

「蒼志、今夜だけでいいから、あたしを一人にしないで。ずっと、そばにいて」

「……あぁ、わかった」

きっと、長い夜になる――そう思った。


夕食をとった後、エマ特製のプレイリストを垂れ流しながら他愛もない話をした。

エマは完徹するつもりだったらしいけど、欠伸が三回シンクロしたところで俺たちは笑い合う。ハードすぎる一日に、身も心もくたくたになっていたようだ。

交代でシャワーを浴び、いつもより早いくらいの時間に就寝することになった。

そして今、俺はエマの寝室にあるソファで体を横たえている。

熱帯夜のせいだろうか？　俺は、なかなか寝付けないでいた。

「――やっぱ、そこじゃ寝れない？」

暗闇《くらやみ》の中で、ふいに声が響いて中途半端《ちゅうとはんぱ》にまどろんでいた意識が覚醒《かくせい》する。

視線をやると、枕《まくら》に頬をうずめながらエマがこちらを見つめていた。

「だから、ベッドで一緒に寝ようっていったじゃん」

「今に百年の恋も冷めるようないびきを聞かせてやるから、覚悟しとけ」

「はいはい、強がらなくていいから。おいで？」

そういいながら、エマはもぞもぞとベッドの端っこに移動した。

まるで、妄想の中のような展開だったけど、その誘いに乗るわけにはいかない。

きっと、過ちを犯してしまいそうになるから。

「いいのか？　ベッドの中の俺は獣だぞ？」

「こーれ、内心ひよってます」

「うるせぇな。なんとでもいえ」

「罪悪感で、エマたそを寝不足にするつもり？　あーあ、明日クマがひどかったら撮影できなくて、えっぐいお金が無駄になるんだろうなぁ。ぜんぶ、蒼志のせいだなぁ」

ボクセツがエマにどれほどの金を投資しているか知っている俺にとっては、最強の脅し文句だった。


「わ、わかったから！」

慎重に、エマの聖域であるベッドにもぐりこむ。

掛け布団からも、シーツからもエマの素肌の香りがして心臓が跳ねた。

「これで安眠できそうか？」

「無理。こんな顔のいい男がそばにいて、眠れるわけないじゃん」

「言動終わってるって」

ツッコむと、エマは薄闇《うすやみ》のヴェールをまといながら淡く微笑む。

別人のように、大人びた表情にどきっとする——深夜1時の女の子って、こんな顔するのか。

「今日は、色々と助けてくれてテンキュ。蒼志って、ホントいい男だよね」

「なんだ、そんな話か」

エマに鼻の頭をふにふにとされながら、俺は言葉を探す。

「誰にでもするわけじゃない。エマだからしたんだ」

「あたしだって誰とでも寝るビッチじゃないよ。こんなこと、蒼志にしかしてあげない」

「なぁ、エマ。目玉焼きの焼き加減の話でもしない？」

「やだ」

うやむやにされると察したのか、エマはいつものノリで冗談に乗ってくれない。

「ねぇ、蒼志？　タオルケットとってみて」

「タオルケット？」

エマの体は、軽い掛け布団一枚にすっぽりと包みこまれていた。

「うん、一思いにぱっと」

さっきから、やけに耳につく鼓動の音を意識しながら起きあがる。

そして、タオルケットの端をつまむと――

「……ごめん。やっぱ、ハズいからゆっくり」

その言葉に従って、まるで宝物をあつかうように掛け布団をとり去っていく。

外気にさらされたエマの肢体は、レースが施された下着しか身に着けていなかった。

恥じらうように手で口元を隠しながらも、エマは反応をうかがうように俺の目から視線を外さない。

「……どう、あたしの体？」

「どうって……」

絶景の一言に尽きた。

寝そべっているのに形を崩さない豊かなバストに、真夜中の砂丘のように女性的なラインを描く芸術的な肉体。

なにより、直視を拒むように太ももをもじもじとしているのに、ショーツのサテンリボンが視線を強烈に誘導しているという矛盾が、血が逆流してしまうほど艶《なま》めかしい。

まさに、媚薬の爆弾というべき肢体——身の丈に合わない財宝を発見した三流泥棒のような有様の俺を目にして、エマはくすっと笑った。

「やっぱ、いわなくていいや。今、唾のむ音が聞こえちゃった」

「……悪い」

「なんで謝んの？　変なの」

わからない。ただ、エマに欲情している自分に罪悪感を覚えていた。

「後、枕の下を調べてくれると助かる」

「あ、あぁ」

ランジェリー姿のエマに魅了されたかのように、その言葉にふらふらと従う。

枕の下に手をもぐりこませると、指先がなにかに触れる。

清潔なシーツの上にすべりでてきたのは、避妊具だった。

エマは察してほしそうな顔で見つめてくる。

自分の鼓動が加速していくのが、手にとるようにわかった。

「ねぇ、蒼志がよければワンナイトしよ？　今夜、起こったことは誰にもいわない。明日香にも、カレンにも。あたしらだけの秘密にしてあげるから」

「エマ、冗談でも、そうやって自分を安売りするんじゃ――」

「蒼志だって、自分がしたことを小さく見すぎ。蒼志はずっとあたしに尽くしてくれたのに、あたしにはなにもさせてくれないわけ？　それなんて拷問？」

「それは、そうかもしれないけど……」

「あたし、こういうエッなこと初めてだけど、蒼志のこと気持ちよくしてあげられる自信あるけどなー？」

「待て待て、情報量が多すぎる！」

「ほんと、男って初めてってワードが好きだよね。女は男の最後になりたがるのに」

エマは呆《あき》れたようにくすくす笑う。

まだ、俺はガキにすぎないけど、男と女が別の生き物であることは気付いている。

土壇場に立たされた時、女子の方が肝《きも》が据わっているのも知り得た真理の一つだ。

「蒼志はさ、あたしでシタことないの？」

「シタって……いわゆる、アレのことか？」

「そっ。いわゆる、アレ」

下世話な話だからためらいがちに口にしたのに、エマは呆気なく首肯した。

「……正直、シタことある」

「うーわ」

「そっちから、いわせたんだろ！」

「ごめんて。でも、おそろっちでほっとした」

「は？」

「あたしも、蒼志でシタことあるよ？」

「い、い、い、い、い、い」

「――――――――――――――――――――――――」


女の子という生き物は、本当に不思議だ。

ずっと一緒にいたのに、初めて見せる顔がまだあるなんて。

エマの赤裸々な告白は、俺の気持ちに火をつけてしまった。

「煽り散らかしやがって。どうなっても知らないぞ」

「女の子は一年に一度くらい、どうにかなっちゃいたい日がある」

世界で二人きりになったかのように見つめ合う。

エマのうるんだ瞳《ひとみ》の中に、とっくに本気の顔になった俺を見つけてしまった。

危険な誘惑に彩られた唇に、俺は哀れな獲物のように顔を落としていく。

唇と唇が触れた瞬間、脳みそがだめになってしまいそうなスパークが散った。

「んん……!!」

エマも同じ快楽に感電したように、恍惚とした声をあげる。

この間、恋リアで交わしたおままごとのような口づけじゃない。

相手を感じさせるための、そして、火照《ほて》った体の芯《しん》に響かせるためのキスだ。

軽いプレッシャーキスを交わしていると、エマがムードに酔って舌先をだそうとする。

そこで裏切る。エマのやわらかくて温かい下唇、それから上唇と、順々についばむように愛でる。

リップノイズはわざと大きくたてた。そっちの方が、気分が盛りあがるから。

エマはたまらなくなったように、俺の首に腕を回してくる。

「いじわる……。焦らさないでよ……」

熱い息を吐きながら、エマがとろけきった声をあげる。

口と口が密着したままの発言で不鮮明だったけど、多分そういったんだと思う。

そして、それは乙女を陥落させるチャンスだった。

隙だらけになったエマの唇に、角度をつけて舌を侵入させる。

効果は抜群だった。俺の首にかかったエマの腕が、痺《しび》れが走ったように力んだから。

エマの口の中は小さくて、湿っていて、燃えるように熱い。

舌先がぎゅうと締めつけられる。やがて、ぬらぬらと唾液をまとった淫靡《いんび》な舌が這いでてきて、俺を情熱的に迎えてくれた。

舌と舌が絡まる。まるで、神経を直に触れ合わせているみたいに心地いい。

「んん……、はぁ……、あっ…、あっ……、はぁ……」

吐息の合間に、エマは切なげな声で鳴く。

自分のキスでこんなにも感じてくれることが、うれしかった。

絡み合っているのは舌だけじゃない。肉体も、つぶれるくらい密着している。

少し身じろぐたびにエマのとろけるような胸の感触を味わえるし、太ももの間にすべりこんだ俺の足が、なめらかさに甘やかされている。

互いに点火した劣情が共鳴したように、素肌がじっとりと汗ばんでいた。

「ちょっと待って、エアコンつけたい。汗かきそうだから」

舌足らずなお願いを聞き入れて、俺は唇を離す。

エマの目はとろんとしていて、続きを待ち望むように涙ぐんでいた。

その証拠に、ナイトテーブルにおいてあるリモコンを手探りながらも、片手は俺と恋人つなぎでつながったままだ。

エマは上半身だけ起こして、リモコンをエアコンに向ける。

その際にささやかな筋肉が浮きあがって、触り心地がよかったお腹《なか》が硬くなった。

女体の神秘を目の当《ま》たり《あ》にしているようで、フェザータッチで撫でてしまう。

「ちょっと、蒼志、くすぐったいってば」

エマがいやいやと体をよじらせる。

男心にぐっとくる反応が返ってきて、悪戯心をおさえられなかった。

キスをお預けされた俺は、エマの首筋に湿った唇を押しつける。

素肌の弾力を味わうようにスライドさせながら、ちろりと舌先を這わせると――

「やんっ！」

期待以上のリアクションに、気持ちが盛りあがってしまう。

もっと、エマのはしたない声が聞きたい――それしか、考えられなかった。

「蒼志、邪魔しないでくれる？　操作できないから」

「やだ」

首筋からあごの美しいラインをなぞりきると、まるで自分の所有物であるかのように頬へ等間隔にキスをしていく。

そして、その先にあったのは、美しい貝殻のような耳だった。

耳たぶを優しく唇で食む。そして、息を吹きかけた。

「んん……‼　それダメ……‼　効いちゃうっ……‼」

エマは、もう嬌声をおさえられてなかった。

弱点を見つけることができた優越感が、好奇心を加速させる。

エマの耳の輪郭に舌を這わせて、しつこいくらい往復させる。

途中、舌先がかすかなくぼみを感じる――ピアスホールだ。

まるで、甘い蜜が湧く泉であるかのように、俺はそこをいじめ抜いていく。

「あっ、あっ、暖房になっちゃった、じゃん……!!　蒼志、やめっ、んんっ……!!」

いつまでも、エアコンの設定温度はさがらない。

その証拠に、俺たちが共有する背徳的な熱は上昇していくばかりだ。

ふと、視線をやるとエマはすでにリモコンの操作を諦め、目をつむって快楽に没頭していた。

そのされるがままになった仕草が、あまりに淫《みだ》らで気が触れてしまいそうだ。

エマは唇を引きしめ、体をふるわせながら健気《けなげ》に快感の波に耐えている。

だから、俺は天国に辿り着くための最後のトリガーを引くことにした。

散々焦らした末に、エマの小さな耳の穴へ舌先をすべりこませていく。

反応は、電撃が流れたように強烈だった。

「ひゃあん……!!」

ベッドから腰を浮かすほど、エマは感じてくれたらしい。

俺はその空間に腕をすべりこませて、エマという女の子の存在の重みを味わう。

きつく抱き合って、がくがくと痙攣《けいれん》する肢体を最後の一瞬まで味わった。

それは、男にとって勲章ともいうべき愉悦を与えてくれる。

まだ、どんな学者も解き明かせていないベッド上の力学に身をゆだねていると、俺はひっくり返ってエマのジト目に見つめられていた。

ずれたまま直そうともしないブラ紐《ひも》のたるみを、これから俺は夏がくるたび思いだすのだろう。

「妄想の中の蒼志の方が、三億倍紳士だった」

「妄想の中のエマより、三億倍かわいく鳴いてくれたからつい」

「あたしだって、なにも考えられなくなるくらい蒼志のこと気持ちよくしたい」

エマは艶めかしい女の顔になって、濃厚なキスを交わしてくる。

唇を重ねると、この行為でしか摂取できない養分があるかのように、俺たちは噴きだす汗を塗りたくりながら激しく求め合った。

もう、わけがわからない。倫理観も道徳も、すべて吹き飛ぶ。

熱帯夜なのに暖気を吐くエアコンのように、俺たちはバカになっていた。

こんなの、ただの動物だ。不都合な事実や呼吸すら後回しにして、エマのやわらかい唇と舌をひたすら味わう。

気持ちいい、気持ちいい、気持ちいい、死ぬほど気持ちいい――もうそれしか考えられない。他のことなんて、一切合切どうでもいい。

身も心もどろどろに溶けてしまいそうな口づけを何度、繰り返したことだろう。

俺とエマは汗だくになった体を重ねたまま、放心状態で横たわっていた。

脳の芯を犯す甘い痺れが少しずつ抜けていき、呼吸のリズムも落ち着いていく。

「……ごめん。今の俺じゃ、ここまでが限界だ」

「……うん、許してあげる」

一つの枕を窮屈に分けあって、俺たちは内緒話をするように言葉を交わす。

ピッという音がして、エアコンが正気をとり戻したように冷房となった。

「ねぇ、蒼志。あたし、今まで大切に守ってくれた価値あった？」

当たり前な質問すぎて笑ってしまった。

「今までじゃない。これからもずっと、だ」

「えへへ。うれちい」

そういって、エマは甘えるように胸の中に転がりこんでくる。

「あたしが眠るまでなでなでして？　なにも怖くないんだって安心させて？」

「お安い御用だ」

「あたしのこと、好きって十回いって？」

「好き、好き、好き、好き、好き、好き、好き、好き、好き、好き」

「あっ、一回多くない？」

「俺の気持ちだ。とっておけ」

「ふふっ、やーだ。エマたそは貸し借りをつくらないナオンなの」

そういって、エマは優しいキスをしてくれた。

「おやすみのちゅー」

「確かに受けとった。おやすみ、エマ」

「うん。蒼志、大好きだよ」

限界を迎えたみたいに、エマのまぶたが落ちる。

約束通り、完全にエマが眠りにつくまで頭を撫で続けた——数えきれない困難の中で生きるボクセツのお姫さまが、今夜くらいは憂いなく休めるように。

多分、ボクセツはこれからもネオンのようなけばけばしい青春の光で、全国の少年少女をこの街に呼び寄せるのだろう。

だけど、二人目の新海エマは生まれない。エマは宝石のように、特別な女の子だから。

日常が地獄と化し、信じる人を奪われ、偽ることを強いられながらも、ボクセツで数えきれない人たちに夢を見せるエマの姿は、俺には奇跡のように映るのだ。

ボクセツで一度人気がでてしまうと、もう二度と普通の日々は帰ってこない。

ボクセツドリームを叶えた人間は、ポケットの中に地獄を抱えこむ。

エマだけじゃない。俺も、春磨も、明日香も、吐き気を催す現実と向き合いながら、きらびやかな嘘に彩られた舞台へ立っている。

きっと、カレンは俺たちが墜落してしまった青春の地獄に耐えることはできない。

だから、カレンがこちら側にやってくるのを、どんな汚い手を使ってでも阻止しようと思う。

これは世界中で俺だけが知っていればいい、不動蒼志とボクセツの戦争だ。

もうすぐ、日がのぼる。今は、少しだけ体を休めよう。
俺は、俺のやるべきことをやらなければ。

第五章　気付かないでくれてありがとう

Honmono no kanojo ni shitakunaru made, warashi de tameshite iiyo.

番組が用意したシェアハウスは、海からほど近い場所にあった。

「よし、準備は済んだな」

「ええ、ばっちりよ」

お泊まりセットが入ったキャリーバッグの中身を荷解きし終えた俺《おれ》とカレンは、シェアハウスのドアに鍵《かぎ》をかけた。

「学園に向かう前に確認。カレンも合鍵《あいかぎ》もったな？」

「もちろんよ。ほら！」

カレンは、すぐに合鍵をとりだして見せる。自慢げなのが愛らしかった。

「世の中の同棲カップルって、こういうふうにおでかけしてるのかしら？」

「かもな」

そのやりとりはなんだか甘酸っぱくて、こっちまで照れくさくなってしまう。

「そんじゃ、登校するか。エスコートするよ、お姫さま」

「ふふっ、お願いするわ。うさぎちゃん」

「うさぎちゃん？」

耳慣れないワードが飛びだして、俺は首を傾げてしまう。

うさぎなみの性欲にふり回され、複数の女と関係をもってしまう甲斐性のなさをなじられたのか？　まぁ、真実なので反論する余地はないんですけど。

ほどなくして、学園に到着する。

今日のスケジュールは教室で全体撮影をこなしてからシェアハウスにとんぼ返りして、カレンとの同棲生活の模様を撮ることになっていた。

クラスに入ってすぐ、俺の目は二人の姿を探す。

「おはよう。明日香《あすか》、エマ」

「あっ、おはよう、あおくん」

「やほ、蒼志《あおし》！」

今日は二人と話せる時間が少ないので、すぐ本題にとりかかった。

「明日香、一人で登校させてごめん。後、今日はマンションに戻らないから」

「うん、わかってる。如月《きさらぎ》さんとの同棲生活が始まるもんね」

明日香の落ち着いた表情に、ひとまずほっとする。

そして、俺と明日香の会話に耳を傾けていたエマに話を向けた。

「エマも悪い、今日は一緒に帰れそうにない。大丈夫そうか？」

「心配いらないって。校長に頼んで、蒼志が忙しい間は送ってもらえることになったから。どっちも大事な時期なんだし、撮影に集中しよ?」

そうだ、エマも今日から春磨《はるま》と離島巡りデートをするんだった。

それにしても、明日香と登校して、エマと下校するという鉄のルーティンが崩れるのは初めてのことだった。

ふり返ってみても、俺のボクセツ生活の中心には、いつも明日香とエマがいた。俺という存在はボクセツを照らす二つの一等星を巡る、ちゃちな衛星みたいなものだ。

これまで、明日香とエマは、それぞれの領域で俺をうまくシェアしていた。

だからこそ、三人の関係性は平行線を描き、衝突や軋轢《あつれき》は生じてこなかった。

でも、奇跡的に成立してきたつながりが、崩れつつあるような気がするのだ。

今年の太陽が実らせた、青春の果実のような女の子の登場によって。

「二人とも、おはよう」

机の整理を済ましてきたカレンが、俺たちのもとへやってきた。

「おはよう、如月さん」

「カレン、やほ。今日もかわちいねぇ〜」

爽《さわ》やかな朝日の中、三人の美少女がお手本のようないい笑顔で言葉を交わす。

よかった。世界平和はここにあったんだ。

「如月さん、あおくんのことよろしくね。一緒に暮らしていると、色々とずぼらなところがあるから」

「後、ベッドで煽りすぎると、筋肉痛になるからまーじで気を付けて」

「二人とも、ご忠告どうもありがとう」

おかしいな。カレンも、明日香も、エマも表面上は和やかな笑顔なのに、空気だけはやけにピリピリしているような……。

平和とは薄氷の上で、ゆれる蜃気楼《しんきろう》みたいなものなのかもしれない。

痛む胃と引き換えに、世界の真理に一歩近づいた朝なのであった。


「――よし」

戻ってきたシェアハウスのキッチンで、カレンは金髪をポニーテールに結った。

制服の上からエプロンをまとっているから、これからなにをするかは明白だろう。

「いけそうか、カレン？」

「ええ、すべてバターの中にあるわ」

「バターの中？」

「あぁ、ドイツ語で万事順調という意味よ」

ボクセツでは同棲生活のハイライトとして、彼氏か彼女のどちらかが手料理をふるまうシーンが大きくとりあげられてきた。

脚本によると、校長はカレンがドイツ料理をつくることを期待しているようだ。

なので、俺はカレンに料理の腕をふるってくれないか頼んでいた。

快く了承してもらえたので、今日の俺は自撮り棒を握りしめてのカメラ役だ。

「それじゃ、撮影始めるぞ」

「お願い」

その言葉を受けて、撮影を開始する。

下見の成果なのか、慣れないキッチンなのにカレンは手際よく準備を進め、たまねぎを切っていく。

「普段から料理はするのか？」

「たまに、ママのお手伝いでするくらいよ」

「へぇ、それにしてはうまいな」

「……ごめんなさい、見栄を張ったわ。今日のために、たくさん練習してきたの」

嘘《うそ》がつけないカレンの生真面目《きまじめ》さがいじらしくて、頬《ほお》がゆるんだ。

「カレン、今夜のディナーはなんですか？」

俺はカップルチャンネルにでてくる彼氏っぽい言動を心がける。

「ドイツ本場のジャーマンポテトと、ソーセージとザワークラウトの煮込みよ」

「おぉ、めっちゃ楽しみ」

「ええ、期待しておいて。うさぎちゃん」

　カレンはカメラを飛び越して直接、俺の目を見てはにかんでみせる。

　ふとした時に見せる仕草の彼女感がすごくて、新居に越してきたカップルみたいな気持ちになった。眼福だったので、再度のうさぎ呼ばわりは不問にしよう。

　じゃがいもをゆでている間は、ちょっとした休憩時間のようだ。

　俺は邪魔にならないよう気を付けながら、カレンを色んな角度で撮影していく。

「そんなに撮る必要ある？」

「ファンに、カレンのかわいらしいエプロン姿をお届けしようと思ってな」

「そんなの、私にとってはソーセージよ。蒼志くんにかわいいと思ってもらえれば、それで十分なんだから」

「……この映像、番組で流れるかもしれないんだが」

「ま、待って！　今のなし！」

　無意識の産物だったらしく、カレンはわかりやすくうろたえた——恥ずかしいのはわかるけど、包丁はおいてくれ！

「落ち着け、カレン。さすがに、編集の段階でカットされると思うから」

「そ、そう？　ならいいんだけど……」

一度きりでいいはずなのに、カレンはじゃがいものゆで加減を確かめるための竹串をぷすぷすと何度も刺した。メンタルの回復には、もう少し時間がかかりそうだ。

元からだけど、カレンは恋リアの撮影という意識がまったくない。ただ純粋に、俺との時間を楽しもうとしてくれている。

そうこうしているうちに、カレンはフライパンでたまねぎを炒めだした。

すると、金糸の横髪がぱらりと落ちてくる。

「あっ、やだ――」

「手、離せないだろ。任せてくれ」

俺は人差し指でこぼれた金色の一房をすくうと、貝殻みたいに繊細な耳にかける。

指先が耳に触れると、カレンは一瞬だけくすぐったそうに肩をすぼめた。

「あ、ありがとう」

「……………………」

「蒼志くん……？」

「あ、あぁ。ごめん、ぼうっとしてた」

シャボン玉が割れたように我へと返る。

そして、脳裏に芽生えた邪《よこしま》な感情を散らすように頭をふった。

カレンが手早く調理を済ましてくれたおかげで、早い時間にディナーをいただけることになった。

空が油絵のようなオレンジと紫のグラデーションで彩《いろど》られた、午後6時半。

窓から流れこんでくる風を素足に感じながら、俺たちはテーブルに座っていた。

「いただきます」

「召しあがれ」

ナイフとフォークを握って、さっそく一品目にとりかかる。

カレンがドイツ本場といっていたジャーマンポテトだ。

じゃがいもがスライスされていて、ビジュアルから日本で目にしているものと違う。

だけど、一番びっくりしたのは口に入れた瞬間だった。

カリッという耳に心地よい音がしたのだ――表面がパリパリに炒められてる⁉

それなのに、中のじゃがいもはしっとりしていて、食感の変化に驚いてしまう。

もちもちとかみ応《こた》えがあり、一緒に炒められたベーコンと飴色のたまねぎの旨味や、バターのコクを堪能することができた。

「なんだ、これ⁉　めっちゃうまい！」

「そう。よかった」

それまで、食事に手をつけずに俺の反応をうかがっていたカレンは、ほっとした様子で風に遊ばせていた髪を耳にかけた。

「ドイツのジャーマンポテトって、こんな感じなのな。日本とは別料理だ」

「そもそも、ドイツのレストランにジャーマンポテトってメニューはないのだけどね」

「えっ、そうなのか？」

アメリカでハンバーグって注文しても、永遠に首を傾げられるみたいなものか。

「それじゃ、次はメインディッシュといきますか」

カレンがいうには確か、ソーセージとザワークラウトの煮込みだっけ？

ソーセージの他に、ベーコンやスペアリブのくんせいも一緒に煮込まれていて、男子高校生を満足させるだけの食べ応えがありそうだ。

それに加えて、スープをたっぷり吸ってしんなりした野菜が盛られている——これが、ザワークラウトとかいうやつか？

期待を胸に、料理を口に運んでいった。

「うまい！」

ガツンとくる肉の味に、こっくりと食材の旨味が染みでたスープが絡《から》んでちっともくどくない。

いや、これだけ肉肉しい料理なのに、さすがに口当たりが軽すぎないか？

そう不思議に思った瞬間には、さっそく二口目を食していた。

そして、後味にさっぱりとした酸味を感じることに気付く。

肉じゃないとしたら、野菜の仕業か？　しかも、これは――

「キャベツ……？」

「当たり」

俺が口にすると、カレンがうれしそうに頷《うなず》いた。

「ザワークラウトの直訳は、酸っぱいキャベツ。ドイツのお母さんが、家庭で手作りする発酵保存食なの。この料理に使ったのも、ママに分けてもらったものだし」

「だから、独特な酸味があったのか」

国際線に乗りこむように想像力の翼を広げて、ドイツの家庭に思いを馳せていると――

「日本風にいうと、お漬物かしら？」

一気に国内線になったな、おい。

「でも、こんなごちそうを食べれてうれしいよ」

「ごちそうといってくれるのは光栄だけど、これはドイツでは定番の家庭料理よ？　肉じゃがみたいなものといえば、蒼志くんにも伝わるかしら？」

「マジか」

カレンと付き合ったら、こんなに激ウマ料理を毎日つくってもらえるってこと……？

やはり、このハーフ美少女は全男子がうらやむ規格外のスペックを誇っている。

「ところで、蒼志くん？」

「どうした？」

「せっかく同棲中なんだから、ちょっとでも恋人らしいことしない？」

その言葉で、テーブルに三脚を立ててカメラを回していたことを思いだす。

俺としたことが、カレンとの食事の時間に没頭していた。

「恋人らしいことって例えば？」

「あ、あーんとか？」

キャラじゃないと思っているのか、カレンの言葉はぎこちない。

でも、口にしてしまった手前、サファイアの瞳《ひとみ》を絶対にそらそうとしなかった。

そんな頑《かたく》なな態度が、逆にくすぐったい空気を生んでいることに本人は気付かない。

なんというか、生真面目なカレンらしくて微笑ましかった。

「オーケー。やろうか」

「本当に？　いいの？」

元々、脚本にも、あーんクエストが明記されていた。

カレンから乗ってきてくれるなら、むしろ好都合だ。撮れ高、撮れ高。

「じゃあ、さっそく――」

それまで優雅にナイフとフォークを操《あやつ》っていたカレンだけど、急に手つきがガチャガチャと危なっかしくなる。

「あ、あーん」

数秒後、自信なさげな言葉と共に、俺に差しだされていたのは――

ずんぐりとしたソーセージだった。

ボクセツであーんをする場合は、相手に口を大きく開けさせたり、変な顔が映像に残ったりしないよう配慮して一口サイズのものをチョイスする。極太のソーセージなんて、もってのほかだ。

相変わらず、カレンはボクセツに染まらず我が道を歩んでいた。

だからこそ、その無邪気さや初々しさが、俺に刺さってしまうのだけど。

覚悟を決めて、俺はソーセージにかぶりついた。

気合で飲みこんでから、ナイフでベーコンを小さく切り分ける。

それを見て、カレンもボクセツの作法に気付いたようだ。

「ごめんなさい。私、慣れてなくて」

「いいよ、気にするな」

マイクに乗らないくらいの小声で言葉を交わす。

そんなオフレコなやりとりが、とても心地よいものに思えた。

「お返しいくぞ、カレン。準備はいいか？」

「ええ。すべて、バターの中にあるわ」

なぜか、カレンは気合を入れるように頬をぱんぱんと叩《たた》いた――これから、ＰＫでも蹴《け》るの？

「あーん」

ベーコンを刺したフォークを差しだしていく。

そのまま待っていればいいのに、カレンは身を乗りだしてきた。

小さな口が開き、奥からちろりと真紅の舌がのぞく。

なぜか、俺はその光景から目が離せなくなる。そういえば、誰《だれ》かが食事は官能的な行為だといっていた。今なら、俺もその説に頷くことができる。

カレンはフォークの表面に唇をすべらせるようにして、ベーコンを上品に食す。

なのに、俺が覚えた感情はその真逆というべきものだった。

「どうだ？」

「たった一口で、胸がいっぱいになりそうよ」

幸せそうにはにかんだカレンに、こんな気持ちは打ち明けられそうになかった。


食事を終えて、カメラをとめる。

同棲初日の全スケジュールをこなし、やっと安息の時間が訪れた。

「お疲れ、カレン」

「ええ、お疲れさま」

そう答えたカレンは、少しくたびれた様子だった。

そりゃそうだ。一日中、カメラを向けられ、料理までさせられたんだから。

俺は空いた皿を重ねて、キッチンに立った。

「あっ、もうちょっとしたら私がやるのに」

「カレンは休んどけ。同棲生活っていうのは、その瞬間は我慢できる小さい不公平感がチリツモして破綻を迎えるものなんだ」

「さすが、倉科さんと一緒に暮らしているだけあるわね」

「二人きりの時に、他の女の話をしないで！」

「それ、私の台詞なのだけど」

じゃれ合いみたいなやりとりを交わしながら、俺はスポンジに洗剤を染みこませた。

テーブルに残されたカレンは、手持ち無沙汰な様子でそわそわしている。

ゆっくりしていればいいのに、タスクをこなしてないと落ち着かない難儀な性分らしい。

「そうだ、一つ相談に乗ってほしいことがあるんだが」

「なに？」

「カレンに一息入れてほしい時は、コーヒーと紅茶のどっちをだせばいいんだろうな？」

きょとんとしていたカレンは、質問の意図に気付いてやわらかく微笑んだ。

「私が思うに、ミルク多めのカフェオレがおすすめね」

「はいよ。ちょっと待ってろ」

「ダンケ」

「ビッテ」

ドイツ語の日常会話を勉強しておいてよかった。

温かいカフェオレを口に含むと、やっとカレンはほっと安らいだ表情を見せてくれた。ミルクの泡を、ちょっぴり口元につけながら。

俺はキッチンという特等席から、カレンの隙だらけな表情をこっそりとながめる。

「そろそろ、お風呂《ふろ》、沸かしてくるわね」

「あぁ、頼んだ」

カレンはご機嫌な足取りで、浴室へ向かう。

本物のカップルっぽい分担作業に、こそばゆい気持ちになっている自分がいた。

洗い物が終わったので、カレンと入れ替わる形でリビングへ戻る。

ソファでくつろいでいると、前々からの疑問が頭に浮かんだ。

スマホで調べ物をする。少しすると、カレンが帰ってきた。

「なにしてるの、蒼志くん？　ゲーム？」

「ドイツ語について調べてるんだ」

「そんなの、私に聞いてくれればいいのに」

「カレンがたまに使ってる、うさぎちゃんってどういう意味なんだろうって――」

「だ、だめ！」

急に血相を変えて、カレンが駆け寄ってくる。

だけど、俺は一歩早く真相に辿り着いてしまっていた。

――うさぎは、ドイツ人女性が恋人の男性へ呼びかける際に用いる愛称です。

そのテキストが目に入った瞬間、飛びこんできたカレンにスマホを奪われる。

「……見た？」

「……見た」

押し倒された格好のまま、俺はカレンの心をのぞきこんだ罪悪感と優越感の間でゆれていた。

「やっぱり、心の中でつぶやくべきだったわ……。同棲生活に舞いあがって、私だけ本物の恋人気分に浸っていたなんて恥ずかしすぎるじゃない……」

目の前で、ミルク色の頬が色づいていく。それは、世界で一人の男しか目撃できない、カレンが「好き」という気持ちを全開にする瞬間だ。

カレンが、俺との同棲を心待ちにしてくれていたことが伝わってくる。

そして、俺も時に撮影を忘れるくらいに、この甘酸っぱい生活を楽しんでいた。

「俺たちの関係は、偽物の恋人から出発した――そうだよな？」

「ええ、そうね」

忘れもしない。あの淡雪のようなキスを交わした時、カレンは確かに「偽物でいいから彼女にして」と口にした。だったら――

「今の、俺たちはなんだ?」

「それを、私の口からいわせようとするなんて残酷ね」

そうかもしれない。

だけど、それくらい俺はカレンと立つ現在地を、なんと呼ぶべきなのか見失っていた。

「この夢のような同棲生活に、一つだけ不満があるわ」

「……なんだ?」

「告白は、男の子からするルールになったこと」

そう。校長の決断によって、告白は俺からカレンにすることになった。

「だから、私たちの関係にどういう名前を与えるかは全部、君次第」

今はそれが限界だというように、カレンはガラス細工みたいな指で俺の頬に触れた。

「だけど、これだけは覚えておいて――私は蒼志くんの青春そのものになりたいの」

「カレン、俺は――」

次の瞬間、とり返しのつかないことを口走ってしまいそうで唇を結ぶ。

緊張感が張り詰めた室内に、ふいに間が抜けたメロディが響いた。

給湯器が、お風呂が沸いたことを知らせたのだ。

俺たちは急によそよそしい態度に戻って、近づけすぎていた体を離した。

「……先に、風呂もらっていいか？」

「どうぞ。お気に入りのバスボムをもってきたから、よかったら使って」

おざなりに「ありがとう」と礼をして、俺はリビングを後にした。

一人になって、頭を冷やす必要がある——その点では、バスルームは最適な空間だ。

「……なに考えてんだ、俺」

不健全な熱に支配されかけた頭を戒めるため、シャワーで冷水をぶっかける。

まるで、禁断の果実の守り人になったようだ。

カレンの純潔を守るため闘っているのに、誰より近くで彼女の瑞々しい心身を目撃するがゆえに、汚らしい手を伸ばしてしまいそうになる自分がいる。

目を覆《おお》いたくなるような自己矛盾。呪《のろ》いのような破滅的思考。

時に、自身のものではなくなるような信用のおけない肉体を濡《ぬ》らしながら、俺はエマの言葉をその時の空気の香りさえ伴って思いだしていた。

——それってさ、蒼志が最初にカレンを汚したいってことでしょ？

「——違う！」

バスルームに、獣じみた声が反響する。

だったら、あれはどう説明する気だと悪魔がささやく――料理中、露わになったカレンの耳に目を奪われ、あれに舌を這わせたらどんな声をあげるんだろうと不埒な妄想にとり憑かれたことは。


水滴が付着したミラーに、手のひらをすべらせる。

鏡に映った自分の顔は、別人に見えるほど疲弊していた。

「――間違えるなよ、不動蒼志」

バスルームをでるころ、俺は正気をとり戻せているだろうか？

危険と隣り合わせの同棲生活が幕を開けた。


翌日、シェアハウスの自室で朝の身支度をしているところでスマホがふるえた。

「はい、もしもし」

「ボクセツの宝石よ！　カレンとの同棲生活は満喫してもらえているかな⁉」

うっっっっっっっっっっさ‼

低血圧人間の鼓膜に、エナドリでボリュームがバカになった声をねじこむのは犯罪だ。

「校長が心配しなくても、撮影は脚本通り進んでますよ。じゃ、また」

「つれないね。自己完結しないでほしいな」

「俺への用件なんて、それくらいしかないでしょう？」

「まぁ、聞きたまえ。脚本にデートが組みこまれていたろ？　その詳細が決まった」

校長の声が低くなったことで、これが与太話じゃないことを察した。

「ちょっと待ってください」

カレンに見つからないように、キャリーバッグの底に隠してあった脚本をめくる。

確かに、スケジュールには「デート」とだけ記載されていて、具体的にどこでなにをするのか明らかにされてなかった。

残念ながら、この憂鬱《ゆううつ》な通話を切るわけにはいかないようだ。

「話を聞く準備が整いました。さっさと本題をどうぞ」

「今日の夜、カレンと連れ立って茅ケ崎駅まできてくれ」

しばらくの間、校長のデートプランに黙って耳を傾ける。

「――大体、わかりました。対応できると思います」

「君のことだから心配はしてないよ。それと、忘れられない夜にしたいなら、特別オプションの利用はいかがかな？　ただし、半分は君の自腹になるけどね」

「なんで校長の悪巧みに、俺が金を払わないといけないんですか？」

「企画に力を入れたあまり、足がでてしまってね。なに、ギャラに色をつけるから一時的な立て替えみたいなものさ。君だって、カレンの最高の笑顔が見たいだろ？」

「はぁ。わかりましたよ。好きにしてください」

「素晴らしい判断だ。後悔はさせないよ」

いい大人のくせにキッズみたいな笑い声をあげて、校長は通話を切った。

その足でリビングへと向かうと、タイミングよくカレンと鉢合わせになった。

「カレン、今夜デートにいこう」

突然の誘いに、カレンが目をぱちくりさせる。

そりゃ、びっくりするだろう。昨日の時点では、互いにサブスクで見つけたお気に入りの映画を一緒に鑑賞しようと約束していたのだから。

この心変わりをどう説明していいものかわからなくて、俺は口ごもってしまう。

「色々と約束してたけど、カレンと特別な思い出をつくりたくてさ」

「予定の変更なんて問題なし。私にとってはソーセージよ」

俺が発した言葉のどれかが刺さったらしく、カレンは二つ返事で応じてくれた。

「デートのお誘い、よろこんでお受けするわ」

カレンはにっこりと微笑んで、優雅なカーテシーを披露したのだった。


茅ケ崎駅におりると、ボクセツのロケバスが待っていた。

車にゆられること数十分、俺とカレンがおり立ったのは茅ヶ崎海水浴場だった。

時刻は夜10時。街の明かりに焼かれた目では、夜空と海の見分けがつかない。

ただ、岩陰で憩う小魚を寝かしつけるように穏やかな潮騒が響いていた。

「スニーカーに、砂が入らないように気をつけろよ」

「夜の海って初めてきたわ。お散歩する気？」

残念ながら、あのエキセントリックな校長の想像力が、夜の海辺での散歩デートというありきたりな展開にとどまるわけがない。

さらに、ビーチの奥まったところへ進んでいく。

ここまでくると防風林が隔てているため、街からの明かりは届かなくなる。

だからこそ、暗闇《くらやみ》のビーチにぽつんとライトが灯っているのが目についた。

不思議そうに目を細めていたカレンも、その正体に気付くと声を弾ませる。

「これって、テント⁉」

しかも、ただのテントじゃない。

材質が透明で、しかも、球の形をしたいわゆるバブルテントという代物だ。

海岸から見えた明かりは、中のランプがもれたものだった。

テントの入り口のチャックを開いて、カレンへふり返る。

「レディーファーストだ。どうぞ、お姫さま」

「ふふっ、いい心がけね」

カレンは上機嫌にバブルテントの中に入っていく。俺も後に続いた。

「それで、どうしたらいいの？」

「マットレスがあるだろ？　そこに、仰向《あおむ》けに寝転んでくれ」

「いやらしいことしたら、ぶつから」

「さすがの俺も、ボクセツのカメラがある状態で襲う勇気はないよ」

他愛もない会話を交わしながら、俺たちは並んで寝そべった。

「心の準備はいいか？」

「わくわくするわ。なにが起こるの？」

それは、俺がランプの明かりを落とせばわかる。

光源を失い、テントが闇《やみ》に包まれる。

一瞬だけ不安げな表情を浮かべたカレンだったけど、天井《てんじょう》から差しこむ淡い光に気付くと無邪気な声をあげた。

「わぁ……!!」

俺たちの頭上に広がっていたのは、宝石をちりばめたような満天の星々だった。

そう、校長がこの日のために用意したのは天体観測デートだったのだ。

「街から近いのに、こんなきれいに星が見えるのね」

「ここは穴場だからな。この星空を、カレンに見せたかったんだ」

自分と空間の境目もわからないくらい暗かったものの、隣でカレンがうっとりしているのが息遣いだけで伝わっていた。

「煙みたいに、ぼんやりと天の川が見えてるのがわかるか？」

「ええ」

「そこで、一番明るい星がベガ。こと座にあしらわれた大粒の宝石だ。そして、ことの音色に誘われて、天の川には二羽の鳥が舞っている」

「鳥？」

「はくちょう座と、わし座。そして、それぞれの星座の中で輝く一等星がデネブと、アルタイル。これに、さっきのベガを加えた三つの星を結んだアステリズムが――」

「夏の大三角形になるのね」

「正解。ちなみに、ベガとアルタイルは七夕伝説にまつわる星としても有名だな」

「詳しいのね。聞きほれちゃった」

「お褒めに預かり光栄だ」

最後の言葉は、少し無機質に聞こえたかもしれない。

カレンは知らなくていい――今、俺が口にした台詞は、脚本をなぞったものだという寒い事実なんて。

虚しい気持ちになる。こんなロマンティックな空間に、カレンと二人きりでいるのに。

いや、なにもかも人工的に計算され尽くした、アオハルの養殖場にいるからか。

次の瞬間、星座に目をとめていたカレンが興奮した様子で夜空を指差した。

「あっ！　今の見た、蒼志くん⁉」

「あぁ、俺も見た！」

天の川を横断するように、流れ星が閃《ひらめ》いたのだ。

「素敵。とても、きれいだった」

「そういってくれると、連れてきた甲斐があったよ」

カレンは熱っぽい声で思いの丈を口にする。

だから、俺も雰囲気を壊さないように調子を合わせなければならなかった。

これは、知らなくてもいいことの最たるものだ——たった今、カレンの心の琴線をふるわせた流れ星は自然の産物ではなく、今朝《けさ》、俺が校長にいわれるがまま札束《さつたば》で買った人工流星であることは。

ボクセツは最高のアオハルを生みだすためなら、どんな罪深い嘘もつく。

地球を周回する人工衛星から、流星の種を飛ばすことさえも彼らの仕事のうちだ。

俺たちボクセツメンバーの輝きは、10代の繊細な心が共鳴して織りなすものではなく、どれだけ金を積んだかのコンテスト結果にすぎない。

そんな吐き気を催すようなリアル、俺だけが知っていればいい。

カレンは、青春の上澄みで美しいものだけを見つめていればいい。

はしゃぐカレンの横で、今の俺はきっとひどい顔をしている。

その時、夜空を虚《うつ》ろにながめる視界に、目が覚めるような銀色の光が閃いた。

「う、嘘だろ！」

反射的に声をあげてしまう。それくらい、信じがたいことだった。

だって、二つ目の――紛れもなく、天然の流れ星がきらめいたのだから！

「カレン！　俺の見間違いじゃないよな⁉」

「ウンダバー！　まさか、二度も流れ星を見ることができるなんて！」

なんでも、二回目の方がリアクションは薄くなるものだ。

だけど、俺は演技を忘れて心の底からリアクションをとってしまった。

一瞬ひやっとしたものの、不信感は抱かれなかったようだ。

カレンはむしろ、一回目より興奮した様子で拍手をしている――きっと、優しいやつだから、俺に合わせてくれたのだろう。

「蒼志くんと、この星空をながめることができてよかった」

「なにか答える必要あるか？」

「ううん、いらない。不思議ね。他人の心なんて見えないのに、今だけは蒼志くんと同じ気持ちだと信じることができるもの」

同じ星空を瞳に映し、同じ感動を胸に灯す。

美しい魔法をかけられたような夜だった。

理不尽な世界を、丸ごと愛することができそうなくらいに。

刹那、息をのむ——暗闇に紛れて、かすかに手と手が触れたのだ。

目配せすると、億千の星をかき集めた夜空よりも美しいカレンの横顔が、じっと俺を見つめていた。

惹《ひ》かれ合うように、手と手が一つの形をとろうとする。

俺は恋人つなぎを目指したけど、小さな手はぎこちない反応を示した。

ボクセツメンバーには当然の行為でも、カレンにとっては急だったようだ。

当然か。ほんの少し前まで、彼女は普通の女の子だったのだから。

初々しい心を踏みにじってしまう前に、すべてをカレンにゆだねることにした。

満天の星々に見守られながらじれったい速度で手と手が絡まり——最終的に、俺たちは人差し指だけで拙《つたな》く結ばれた。

カレンがうかがうような視線を向けてきたから、俺は微笑みながら頷く。

たった今、確信した——カレンは神様が遣わした、青春の申し子のような女の子だ。

薄汚れた俺じゃ、その施しは不相応すぎて受けとることはできないけど、せめて、きれいなままカレンがボクセツから去る日まで守り通そう。

見上げた星に、そう誓った。

第六章　ボクセツ大四辺形

Honmono no kanojo ni shitakunaru made, watashi de tameshite iiyo.

いつもの起床時間より早く、俺《おれ》はベッドで目を覚ました。

ようやく辿《たど》り着いた、同棲生活三日目の朝。

今日も今日とて、ボクセツの奴隷として朝から仕事をこなさなければならない。

自撮り棒にスマホをセットして、撮影できる状態にしてから部屋をでる。

そのまま、共有スペースを突っ切って反対側のエリアに向かう。

そこは、カレンの自室だった。

同棲初日に、互いのプライベートルームには入らないというルールを決めていた。

だけど、今ばかりは、その約束事を破らないといけない。

というのも、カップルチャンネルにアップする動画を撮らないといけないから。

ボクセツでは本編を配信するのとは別に、各カップルにだけ焦点を当てたショート動画をサブコンテンツとして提供している。

ビッグカップルとなると、専用のチャンネルをつくられるくらいだ。

今回、お試しカップルとしてクローズアップされるにあたって、遺憾ながら俺とカレンのチャンネルもできてしまった。

だから、契約上、アップするためのコンテンツを用意しないといけない。

どんな動画にしようかあれこれ考えたけど、結局は落ち着くべきところに落ち着いた。

カップルチャンネルで古くからこすられてきた企画——「寝起きに彼氏がいたら、どんな反応をするか?」的な動画を撮ろうと決めた次第だ。

そういうわけで、俺は息をひそめて乙女の聖域に忍びこんだ。

不慣れな忍び足は、間もなく、名画と直面したかのように棒立ちとなる。

真新しいシーツへ、投げだされた鮮烈な金髪。カーテンからもれる朝日を浴びて、うっすらと光を帯びるようなやわ肌。

そして、カレンの寝顔は完璧《かんぺき》という言葉が陳腐に思えるほど美しかった。

ベッドにお邪魔するのは、さすがに緊張してしまう。

カレンの眠りを妨げないよう慎重に寝そべる。スプリングがきしむ音が、いつもより背徳的に聞こえた。

いつチャンスが訪れてもいいように、自撮り棒で撮影を開始する。

そして、スマホ越しに、安寧の中にあるカレンの寝顔を見つめた。

改めて、端正な顔立ちに見惚《みと》れてしまう。

寝起きドッキリという俗っぽい動画ではなく、なにか高尚なものを映像におさめているような気さえしてくる。

「んん……」

不純な視線を感じとったのか、カレンの口からかすかに声がもれた。

力が抜けていたまぶたに生気が宿り、ゆっくりと開いていく。

「えっ、なんで――!!」

ベッドに俺がいるという異常に意識が回って、カレンは一気に覚醒《かくせい》する。

企画としては、これ以上ないくらいのリアクションだ――そう、満足していられたのは、ほんの一瞬だった。

カレンが跳ね起きる。その拍子に神様が悪戯心を働かせたみたいに、タオルケットがぱらりと落ちた。

露わになったのは、純白の花のようなランジェリーに包まれた官能的な肢体。

思いがけず、俺はカレンのセミヌードを撮影してしまっていた。

神聖なものをながめていた心地から一転――艶《なま》めかしい光景に、脳細胞が沸騰する。

「わ、悪い！　とにかく、すぐでていくから！　映像も消す！」

「待って！」

その呼びとめは、あまりに意外で俺の全行動を奪った。

カレンは覚悟を決めたように胸を隠していた腕を解き、純白のシーツに投げだす。

目線だけは合わせる勇気がないのか、斜め下に向けていた。

「――どう？」

「な、なにがだよ？」

「私の体、蒼志くんに気に入ってもらえそう？」

いわれてしまえば、意識せざるを得ない。

繊細なフリルの奥に秘められた胸の谷間、ティアドロップのようにきれいなへその形、悩ましげな曲線を描く腰回り――すべらかなシーツの上では、カレンが夏服の下に隠してきたすべての秘密がむきだしになっていた。

俺は摩耗していく理性をふりしぼり、男を狂わす肢体から目をそらす。

「……そんなこといえるわけないだろ」

「目をそらさないで」

「無理だ」

「許さない。ちゃんと見て」

ベッド脇《わき》で立ち尽くす俺めがけて、カレンは女豹《めひょう》のポーズですり寄ってくる。

豊かな胸のふくらみが生々しくゆれる様子に、くらっとめまいを覚えた。

カレンはすぐそばまでやってくると、女の子座りで上目遣《うわめづか》いを送ってくる。

しかも、誘惑するように両腕で胸を押しあげながら。触れなくてもやわらかいとわかる二つ

のふくらみが、むにゅりと形を変えた。

「私の肩、ふるえているのわかるでしょ？　こう見えて、勇気をふりしぼっているの。だから、ちゃんと向き合ってほしい」

本当に、か細い肩がふるえている。

それを目の当《ま》たりにして、視線を合わせる覚悟が決まった。

下着姿のカレンと正対する——まるで、起きていながら淫《みだ》らな夢を見ているようだ。

「こんなことして、一体どういうつもり——」

「蒼志《あおし》くん、私の体に触れたいと思わないの？」

それは、もうとまるつもりはないという宣言だった。

あの日、捨て身のキスを仕掛けてきた女の子が目の前にいる。

一方、俺は動転することしかできない。

どうして、お前が、そんなことというんだよ……⁉　カレンは真っ白で、清くて、汚れないはずなのに……‼

「ねえ、私、知っているのよ？　蒼志くんがおかしいこと」

「……おかしい？」

「新海《しんかい》さんとは一回目のツーショでキスまでしたのに、倉科《くらしな》さんとは一つ屋根の下でもっといけないことをしているのに——」

カレンは初恋に夢を見る無垢《むく》な少女ではなく、世界はきれいなものだけでつくられていないと知った女の顔になって言葉を並べていく。

あの表情を教えてしまったのは、他でもない俺だ。

「私とは、まだ手しかつないでない」

「それは——」

カレンを汚さないため——そんな恩着せがましい言葉は吐けない。

「新海さんや倉科さんと比べて、私は魅力がないかしら？」

「……そんなことはない」

「だったら、私も同じようにあつかってほしい。私も、二人と同じ場所にいきたい。偽物の彼女にしてくれたってことは、一番手の恋人になるために頑張っていいってことでしょ？」

論理や道徳が破綻している。

初恋の呪《のろ》いにかけられて、カレンはなにを口走っているかわかっていない。

きっと、迷いこんでしまったこの茨《いばら》の道に、世の中の恋人たちが享受できるようなハッピーエンドは転がっていない。

それなのに、カレンは全部気付かないふりをするように俺の手首を握った。

そして、そのまま自分の胸元《むなもと》へ導いていく。

それは一瞬の快楽と引き換えに、地獄へすべり落ちていくような誘惑だった。

「ま、待て、カレン！　こんなことしちゃダメだ！」

「どうして？」

「俺の手は汚れているから、お前に触れる価値なんてないんだよ！」

できることなら、隠しておきたかった本音を暴露する。

だけど、カレンが硬直していたのは数秒で、毒々しい花が咲くように微笑んだ。

「それなら、心配いらないわ」

「ど、どういうことだよ？」

「私は蒼志くんが思っているほど、きれいじゃないから」

真意を問いただしたくなる一言が投下される。

そして、俺の混乱もおさまらないうちに、カレンはさらに言葉を継いだ。

「それでも、まだ気になるなら——蒼志くんの手で汚してほしい」

「ッッ——!?」

一緒の時間をすごしてきて、カレンのことなら少しは知った気になっていた。

だけど、もうわからなくなってしまった。

別人のように豹変《ひょうへん》した目の前の少女がなにを考え、なにに突き動かされ、なぜこれほど恋に生き急いでいるのか、なに一つ。

その時、エマの言葉が生々しいほど鮮明によみがえる。

──きっと、蒼志がやらなくても、誰《だれ》かがカレンを汚すよ。

誤魔化《ごまか》しようがないほど、強烈な嫌悪感が脊髄《せきずい》を貫いた。

俺以外のやつが、あの男の欲望のすべてを叶《かな》えてしまった肉体を貪るっていうのか？

そんなの絶対に許せない。想像しただけでも気が狂ってしまいそうだ。

ほかの誰かに奪われるというのなら、いっそ俺の手で──!!

刹那、世界から音が死に絶える。

足を踏み入れることを避けてきた感情の森をさまよい、俺が出会ったのは善意を模した醜い本性だった。

均衡が崩れ、俺の指は触れれば天罰がくだりそうな胸に引き寄せられていく。

「──難しく考えなくていいの。今ここで、蒼志くんとおそろいになるように私を汚して」

カレンがささやく「汚して」という懇願が、麻薬のように脳を侵す。

だけど、理性の残滓《ざんし》が最後の抵抗を試みるように、愚行を引きとめる声も聞こえた。

様々な感情が脳を焼く中、それでも俺を最も突き動かす事実は悲しいことに、ランジェリー姿のカレンが歯牙に差しだされているという禁断のリアルだった。

汚したい、汚したい、ダメだ、汚したい、ダメだ、汚したい、汚したい、ダメだ、汚したい、ダメだ、ダメだ、ダメだ──それだけは絶対にダメだ！

俺は脊髄を引きずりだす覚悟でカレンの手から逃れた。

「蒼志くん!?」

「俺、先に学園へいってるから」

それだけ告げると、爆弾みたいな劣情を抱えて部屋を後にする。

最後まで、カレンがどんな顔をしているのか見ることができなかった。

通い慣れた学園までの道のりが、今日に限っては別世界のように映った。

こんな凶器みたいな欲情をぶらさげて、外を歩いていいのか不安になる。今の俺が、人の形を保てているかさえ自信がなかった。

その時、鋭くなった嗅覚が、同じケダモノのにおいを捉《とら》える。

むせ返るほどのフェロモンに誘われ、たまらなくなって走りだした。

学園の校門をくぐり抜け、中途半端《ちゅうとはんぱ》な時間のため人気のない正面玄関へ駆けこむ。

その瞬間、見つけた——俺の未来の彼女を。

相手の迷惑なんて一切《いっさい》考えず、後ろから明日香《あすか》に抱きついた。

あぁ、何日ぶりの感触だろう。明日香をもっと感じたくて、脳髄がしびれるほど甘い香りをまとう黒髪に顔をうずめる。

「あおくん……?」

「あぁ、俺だ」

明日香はスカートをひるがえしてこちらを向く。

表情は、すでに淫靡《いんび》な微熱に支配されていた。頬《ほお》が紅潮していて、息遣いも荒い。

こうなることは、カレンと同棲する前から予想できていた。

俺と明日香はどうしようもないほど共依存の関係にありながら、かつてないほど離れ離れにあったのだから。

ケダモノから人間に戻るための儀式も、長いことお預けされている。

「あのね、わたしの体、朝からおかしくて。きっと、あおくんにしか治せないと思うの。助けてくれる？」

「俺も明日香に会いたくて、頭がおかしくなりそうだった」

「誰もいないところにいきたい。連れてって、あおくん」

「あぁ、いこう」

催眠にかかったような目で見つめ合いながら、俺たちは手をつないで歩きだした――しかも、濃密な恋人つなぎで。

「俺たちって、学園で手をつないでいいんだっけ？」

「しちゃいけないことするの、ぞくぞくするね」

「どこも撮影中で邪魔くさいな。早く、二人きりになりたいのに」

「きっと、ここでシタら、意識が飛ぶほど気持ちいいよ？」

「だろうな。ちょっと待て。だったら、なんで隠れようとしてるんだ?」

「なんでだっけ? そんなことより、わたし早くシタいよ」

「俺もだ。一秒でも早く、明日香とシタい」

俺たちは、完全に壊れてしまっている。

ボクセツで破局を迎えた明日香と裏で続けている関係は公にしてはいけない、メンバーの目やカメラに支配された学園で手を絡《から》めるなんてもっての外——そんな尤《もっと》もらしい警告が、脳裏でちかちかと明滅する。

だけど、俺はそれらすべてを無視した。

たとえ、この暴走の先に破滅が待っていようと、どろどろに煮詰まった欲求を解消すること以外は考えたくない。

火がついた肉体をもてあましながら、俺たちはやっとオアシスを見つけた。

撮影で使われていない教室に辿り着いたのだ。

明日香の手を引き、そこへすべりこんでいく。

「あおくん成分が足りなくて、これ以上待たされたら死んじゃいそう……」

人目がなくなった瞬間、明日香は肢体を押しつけてきた。

ゼロ距離にある色欲に燃える瞳《ひとみ》が、もう一秒も我慢できないと訴えてきている。

この前は気丈にふるまっていたのに、俺が不在の間にここまで乱れていたなんて——その事実に、男としていいようのない興奮を覚える。

だけど、俺はぎりぎりのところで、まだニンゲンに踏みとどまった。

視界の端に捉えたのは、目撃者のごとく佇《たたず》むロッカー。

「いつ撮影に使われるかわからないから――気の利《き》いたところじゃなくて悪い」

「いいよ。歪な形でしか愛し合えない、わたしたちにはぴったりなところだもん」

なにもいわずとも、明日香は先んじてロッカーに華奢《きゃしゃ》な体をおさめる。

そして、ものほしげな表情を浮かべ、俺を迎えるように腕を広げた。

「――きて、あおくん。ずっとできなかった分、いけないこといっぱいしよ」

背徳の楽園になり果てたロッカーに入って、扉を閉める。

中は昂《たかぶ》った体を二つおさめれば、身じろぐのもためらわれる窮屈な空間だった。

でも、それがいい。常識やモラルから切り離された二人きりの世界になる。

だから、もう俺たちを引きとめる障害はなかった。

明日香が爪先立ちして、煽情的《せんじょうてき》な色を帯びた唇を運んでくる。

寂《さび》しくて仕方がなかった唇が触れ合った瞬間、感電するような快感に貫かれた。

激しく交換する唾液に、明日香のリップの味がほのかに香る。

目をうっすらと開くと、涙ぐんだ明日香の瞳が俺だけを映していた。

「あおくん、好き……!!　好き……!!　大好き……!!」

口づけを交わしながら、もごもごと健気《けなげ》に唇を動かして愛を伝えてくる明日香。

ヤバい。こんなことされたら本気になってしまう。

俺は明日香の求愛に応《こた》えるように、その腰を強く抱いた。

「ごめんね……!! あおくんが帰ってくるまで待ってるって決めたのに、ごめんね……!! いい子になれなくて、ごめんね……!!」

「俺こそ、ごめん。こんなになるまで一人にさせて」

「いいの……!! その代わり、たくさん慰めて……!! いっぱい、かわいがって……!!」

キス、キス、キス、キス、キス——息継ぎする間もない、キスの嵐《あらし》。

許しを請う言葉と裏腹に、明日香の口づけはタガが外れたように大胆になっていく。

舌がぬらぬらと絡み合う。それだけの刺激じゃ足りなくなって、明日香の口内へ強引《ごういん》に舌を差しこんだ。

そんな暴挙でさえ、明日香は受け入れてくれる。あごが外れるくらい大きく口を開いて、究極のパーソナルスペースを差しだしてくれる。

だから、俺は遠慮なく、明日香の口の中をかき混ぜるように隅々まで味わった。

頬の内側にあたる濡《ぬ》れた肉のやわらかさも、きちんと並んだ乳白色の歯の意外なほどの鋭さも全部、全部。

「んんっ……!! はあぁ……!!」

明日香は快楽に身をふるわせながら、はっきりと嬌声をあげる。

初めはおさえ気味だったのに、人並みの理性すら吹き飛んでしまったようだ。

「感じてる明日香は、ホントにかわいいな」

「あおくんの意地悪。わたしだって、できるもん」

とろけきった声でそう答えて、明日香は俺の耳元に唇を寄せた。

耳の中へ、熱を帯びた舌を這わせてくる。濡れそぼった生物が蠕動《ぜんどう》するような、この世で最も艶めかしい音楽が奏でられた。

しびれるような快感に爪先が浮いて、天国まで辿り着けてしまいそうだ。

このまま、いいようにやられるのも一興かもしれない。

でも、俺の本能は反撃を選んだ。もっと、乱れた明日香の顔が見たかった。

体温が通ったぬくい黒髪をかきあげ、美しい貝殻のような耳を丸裸にする。

熟れた果実であるかのように、俺はそれにむしゃぶりついた。

「あっ、あっ、あっ、あっ――あんっ!!」

艶めかしい声は、弱いところをつまびらかに教えてしまっていた。

明日香の耳をしつこいくらい舐《な》め回す。舌先を尖《とが》らせて、肌がふやけるまでシュガースポットを責めたてる。

奥底からこみあげてくるなにかに備えるように、俺のワイシャツを力いっぱい握る仕草が気が狂いそうなほどに淫らだった。

「あおくん……!!　わたし、もっとあおくんと一つになりたい……!!」

荒い呼吸の合間にそういって、明日香は俺の手をとった。

そして、ブラウスをふっくらと押しあげる胸へ誘導していく。

「明日香、それは約束を破ってしまうんじゃ——」

「お願い、なにもいわないで。あおくんには、わたしのすべてに触れてほしい」

「……わかった」

俺の手のひらがブラウスのふくらみへ到達した瞬間、明日香は甘い吐息をもらした。

制服の上からでも、十分にそのボリュームが伝わってくる。

じんわりと円を描くように手を動かすと、ささやかな衣擦《きぬず》れの音をBGMにして、明日香は感電したかのような声をあげた。

「うんっ……!!　あっ、あっ、あぁん……!!　ダメっ……!!　声、我慢できないよ……!!」

少し手のひらをゆするだけで、明日香は哀れなほど敏感に反応する。

直に触れたら、どうなってしまうんだろうと心配になるほどに。

本当は、わかっている。

料理中のカレンが無防備に触れさせた耳、そして今朝《けさ》、あの寝室で目撃してから焼きついて離れないミルク色の胸——あの時にしたいと思ったことを、俺は明日香を通して実現しているのだ。

誰よりも心を許しているパートナーだからこそ甘えているのか、いき場をなくした欲求不満をぶつける代替品として見なしているのか。

どちらにせよ、罪深い行為であることには変わりない。

でも、俺と明日香はただれた生活の中で体に教えこませてしまっている。

いい、いい、いい、最高に気持ちいいいいのだと。

最低なことこそ、
だから、人の道を踏み外すような罪悪感さえ、滾る欲望をとめる理由にはならない。

「ああっ……!!　んんっ……!!　きゃう……!!　あおくん、あおくん、あおくん……!!」

俺の名前を壊れたように繰り返しながら快楽におぼれる明日香を抱いていると、愚かしいオスの本能が満たされていく。

沸々と湧《わ》きあがってくる、不健全な情動をおさえられない。

「明日香、俺、もう……」

「いいよ。わたしの体のこと、ぜんぶ知って。あおくんのせいで、どうにかなっちゃってるの残らず感じてほしい」

瞳にこぼれそうなほど涙をためて、明日香は懇願するように告げる。

脳細胞が爆《は》ぜて、なにも考えられない。

俺は未開の森を開拓するように、すべらかなスカートの布地をさすする。

やがて、指先がとろけるような感触に出会う――うちももに到達したのだ。

よほど敏感になっているのか、俺の手から逃げるように真っ白なふとももをもじもじとさせる。最早、立っているだけで辛そうだった。

「ひゃぁ……!!　あおくん、すごいよ……!!　地面に足がついてないみたいで……!!　怖いよ……!!」

「大丈夫。俺がついてるから」

瑞々しい肢体をふるわせて、明日香は俺の腕にしがみついてくる。

明日香と一緒に、未体験の先にいきたいと気持ちが逸《はや》った。

もっと、もっと、もっと、明日香を知り尽くしたい。

淫らな肉体を探索する手はとめない。スカートの中へ、指をもぐりこませていく。

そこはベッドの上でも、触れないようにしてきた不可侵の領域だった。

陶磁器のような肌を、大腿部の付け根に向かって舐めあげるようにさすっていく。

その時、ぬるりとしたものに触れた。

最初、汗かと思った。でも、なにか違うと本能が悟っている。

思わず、明日香の顔をうかがってしまう。

羞恥心に耐えきれないといったように視線を外された。

「いくら、あおくんでも恥ずかしいよ……」

初めての経験に動揺してしまう。それが、手元を狂わせた。

多分、なにかに触れてしまったのだと思う――明日香の反応が激烈だったから。

「～～～～～～～～～～～～～～～～～～～～～～～～ッッ!!」

咄嗟《とっさ》に俺の腕に口元を押し当て、明日香は声にならない声をあげる。

初めて体験する快感の津波が押し寄せてきて、自分でもどうしたらいいかわからない――

そんな反応だった。

どうして、男とは、こんなろくでもない生き物として生まれてきたんだろう。

だけど、頭でわかっていながら、腹の下あたりで煮え滾るものに逆らえない。

こんな痴態を見せられて、我慢できるわけがない。

約束なんて知るか――もう、最後まで明日香とイッてしまいたい。

そう言い訳をこねくり回して、畜生に堕ちようとした時だった。

突如、物音がしたのだ。

氷水を浴びたように、体を支配していた欲情が縮みあがる。

ロッカーのスリットから外の様子をうかがうと、スタッフが撮影準備をしているところだった。

「まずいな。撮影に使われるみたいだ」

「――へぇ。誰と誰のだろうね？」

俺の切羽詰まった言葉の返答としては、あまりに優雅な声音だった。

その致命的なズレが、スリットから視線を切らせた。

ロッカーにはびこる薄闇《うすやみ》の中、明日香は豹変していた。

さっきまで、俺の手に運命をゆだねてしまった哀れな女の子だったのに、今はそう——夜を統べる女王のように口を裂いて嗤《わら》っている。

奴隷としての自覚がよみがえる。

この顔をした明日香に、俺は逆らうことができない。

「——これから、なにが起きるかよく見ておいてね」

もしかしたら、俺は天使ではなく、悪魔を抱いているのかもしれない。


「離島巡り、すごくよかったね」

「うん。海も島もきれいで、まーじで最高だった」

馴染みある声が聞こえてきて、息を殺していた俺は絶句した。

間違いない。ロッカーの外で撮影を行っているのはエマと春磨《はるま》だ。

大至急、頭にインプットした脚本をめくる。

このタイミングなら、離島巡りデートから帰ってきたエマと春磨が絆《きずな》を深め、互いを運命の恋人に定める重要なシーンを撮るはずだ。

俺は二人の台詞をそらんじることさえできる。

次に、春磨はこういうはずだ――エマ、大事な話があるんだ、と。

「エマ、大事な話があるんだ」

「うん？　どしたー、春磨」

「デートの間に、エマへの気持ちがどんどん大きくなっていたんだ。今は、君のことしか考えられない」

「それって――」

「エマ、この夏は僕だけの恋人になってくれませんか？」

青春のきらめきに満ちた告白シーン。

そして、恋心が叶ったエマの一言で、今シーズンのボクセツは最高潮を迎えるのだ。

次に、エマはこう答える――いいよ、春磨の彼女になってあげる、と。

「……気持ちは、ホントうれしい。でも、春磨の彼女にはなれない」

思考がぷっつりと断絶する。

脚本が脱線した。あるべき物語が歪《ゆが》み、生まれたての宇宙のようにどんな形をとろうか惑っている。

「理由を聞かせてもらっていいかな？」

「あたし、蒼志とキスしたんだよね。それが、忘れられなくて」

「……キスを？」

春磨が戸惑っている。むしろ、俺が問いたいくらいだった。

脚本上、エマは春磨ともキスを交わしていたはずだ。決定打になるはずが――

「それが、僕とのキスを断った理由？」

――え？

「うん。あの時に、あたしの心は奪われちゃったんだと思う」

待て、待ってくれ。こんな展開、知らない。

俺は過呼吸に陥《おちい》りながら、うろたえることしかできない。

「あたし、蒼志のことが好きなんだ」

脚本にない台詞を、エマは胸を張って告げた。


撮影が終わり、スタッフたちが撤収していく。

その様子を、俺は唖然としながらロッカーのスリットを通してながめている。

やがて、春磨も去り、教室に残ったのはエマだけとなった。

その瞬間だった。エマの視線が、明確にロッカーの中にいる俺を射抜いたのは。

「ッッ――!?」

驚きのあまり、のけぞってしまう。

戦慄《せんりつ》がおさまらない俺を、明日香は後ろから慈しみ深く抱きとめた。

「かわいそうな、あおくん。このキスで窒息死できたら、どんなに楽だろうね」

次の瞬間、俺は発言する権利すらはく奪された。

問答無用で、明日香が唇を重ねてきたのだ。

それとロッカーの扉が開いたのは、ほぼ同時だった。

「あー。心の準備はしてたつもりだけど、これはヘラるって」

なにもかも暴《あば》く白光の中、エマが苦笑を浮かべて立っていた。

明日香と濃密なキスを交わす、俺の目の前に。

犯行現場を目撃されたように硬直する俺に対して、明日香は艶めかしい女の顔から、友達と接する表情へと早変わりする。

「撮影お疲れさま、エマ」

「あしゅも、お疲れ——ってか、疲れてないか。お肌つやつやだもんね」

「うん、あおくん成分を充電できたから」

明らかに異常な状況なのに、自然に会話する二人に理解が追いつかない。

かろうじてわかることは——俺は、甘い罠《わな》に飛びこんだ愚かな獲物だということだ。

「ほら、いつまでそこにいるの？　あおくんもきて」

明日香に手を引かれ、俺はエマの前に引っ張りだされた。

「やほ、蒼志」

「あ、あぁ……」

いつもの調子で手をふってくるエマに、どんな顔を向ければいいのかわからない。

だけど、真っ先に尋ねたいことはあった。

「エマ、前のツーショでいってたことなんだけど――」

「あぁ、春磨とキスしたって教えたこと？」

「それだ」

「あれ、嘘《うそ》。蒼志ってボクセツの配信見ないから、バレないかなと思って」

エマはあっけらかんと白状した。

「蒼志にやきもちを妬いてほしかった。それだけ」

さっきまで、俺はこの学園で一番の嘘つきだと思っていた。

でも、そんなのは思いあがりだ。嘘をドレスのようにまとうエマと明日香に比べれば、俺は三流のオオカミ少年にすぎない。

「あたし、ちゃんと選んだよ」

「え？」

「脚本も大人の都合も無視して、本当に結ばれたい人を」

エマのきらきらしたネイルが、俺の左胸にぴたりと添えられた。

「あたしさ、ボクセツで数えきれない恋をしてきたからわかるんだけど、人の心って100回も誰かを好きになれるようにできてないんだよね」

なんとなく、エマの気持ちは理解できる。

望まない恋を演じるたびに、心がすり減るような虚しさを覚えてきたから。

「でも、心がダメになっちゃう前に間に合ってよかった。これが、あたしの線香花火みたいな青春を捧げる、100回目の恋」

「春磨じゃなくて、俺に……？」

「そっ。まーじで考えて決めたんだよ？　だから、エマたそにご褒美ちょうだい」

「ご褒美？」

「ねぇ、蒼志。ここで、あ、あ、あたしとキスしよ？」

全身が強張った。そんなことできるわけがない。

それなのに、寄り添っていた明日香が身を引いたのだ。

「いいよ、あおくん。わたしに遠慮せず、エマにキスしてあげて」

「明日香、なにを……？」

「これは、わたしたちがなにを賭《か》けて闘って、負けたらどんな苦しみが待っているか知るための確認作業だから」

「ま、待ってくれ！　わけがわからない——」

翻弄され続けて、もはや、俺はわめいていた。

それなのに、エマは容赦なく詰め寄ってきたのだ。

アナスイのロマンティックな香水の香りが鼻先をくすぐる。

愚かしいパブロフの犬のように、しめった期待感の末端に火がついた。

あぁ、男って本当にバカだ。もう、次のごちそうを欲している。

「――見せつけちゃおうぜ、蒼志」

溶けだしたアイスクリームのように甘い声音。

首の後ろに腕を回されたと思ったら、唇全体がとんでもない心地よさに包まれた。

あの汗だくになった夜よりは控えめだけど、心がこめられたキスだった。

献身的に動くエマの唇と舌に、とろとろになるまで甘やかされる。

そんな本物の恋人が交わすような口づけを、明日香は目をそらさずじっと見つめていた。命綱であるかのように、俺とつないだ手を握りしめながら。

まるで、真夏の迷宮へ迷いこんでしまったかのようだ。

俺は今、アオハルの楽園で、最も多くの人に愛される女の子を二人同時に抱いている。

胸を満たすブラックボックスのような感情に、ふさわしい名前を与えられなかった。

背徳、支配欲、恍惚、不安、全能感、悔恨――そのどれにも当てはまるのに、後ちょっとでそのどれにも当てはまらない。

首に回された腕が解かれても、俺は二人の女の子に魅了された囚人のままだった。

「あははっ。蒼志、目が点になってるって。あしゅ、そろそろ説明してあげよ」

「うん、そうだね。あおくん、困らせてごめんね。かわいかったから、つい」

明日香とエマはいくらか理性的な顔に戻って、俺と向かい合った。

「あのね、あおくん。わたしたち話し合って決めたの」

「そっ。もう、中途半端はやめにしようって」

俺の視線を奪うように、二人はそれぞれの魅力をふりまいて話しかけてくる。

そして、次に発せられた言葉は、ほとんど同時に俺の鼓膜を打った。

「「――ボクセツで、本物の恋人を選んでもらおうって」」

二人の言葉をかみ砕き、芽生えたのは当然の疑問だった。

「でも、明日香は、もう半分引退した状態じゃ……」

「そう。だから、校長先生にお願いしようと思って学園にきたの」

数日間、会わなかっただけなのに、明日香は知らない誰かのような笑みを浮かべた。

「黙っててごめんね。わたし、ボクセツに復帰する。ずるい方法で縛りつけるんじゃなくて、もう一度、あおくんと恋をするために」

窓からのぞく夏空の彼方から、運命が切り替わった音が聞こえた気がした。

本来、俺たちが結んだ秘密の関係は互いに互いを干渉しなかった。

後ろめたさと引き換えに、罪深い共存を許されていた。

だからこそ、江ノ島電鉄からながめる海のように、永遠の水平線を描くはずだったのに——こうして、青春が死んだ学園で線と線が交わってしまった。

象られたのは、夏の大三角形のようなトライアングル。

あの美しい星空を一緒にながめた、ここにはいない女の子が未来に決定的な変化をもたらした。

走りだした群青色の衝動は、もう安易な脚本に従わない。

「それじゃあね、わたしのあおくん」

明日香は吹っ切れた笑顔を浮かべて、教室をでていった。

去り際、ひるがえったスカートに青春のしっぽを見た気がして目をこすってしまう。

明日香の決断の意味を受けとめるため、俺は深呼吸をしなければならなかった。

「おっ。蒼志、やっといい顔になったじゃーん」

「エマも明日香もイイ女すぎて、ついていくので精一杯なんだよ。もっと、釣り合う男を見つけてくれ」

「そう、都合よくいかないのが恋愛やろがい」

「同感」

恋は理屈じゃない——今年の夏が、教えてくれたことだ。

「それにしても、完全復活したあしゅがライバルとして立ちはだかるかぁ。さすがのエマたそも、ピンチかも」

「全然、困ってるようには見えないけどな」

「バレた？　正直、誰が相手だろうと負ける気がしないんだよね。あたしって追われる恋より、追いかける恋の方が燃えるから」

「エマらしいな」

「ってわけで、アオハルの天才にロックオンされて無事で済むと思うなよ？　絶対に、あたしのことを一番好きにさせるから」

　エマは、男心をときめかせてやまないウインクをお見舞いしてくる。

「あっ、そだ」

「なんだよ？」

「あたしらの関係を三角形にするか、四角形にするかは蒼志に任せるから」

　すぐに、カレンのことを指しているのだとわかった。

　エマと明日香が衝突するとなれば、以降のボクセツは二人を中心に動くことになる。

　そこに、カレンを巻きこんでしまえば、どれほどの注目を集めるかわからない。

　きっと、その選択では、カレンをボクセツから解放するという俺の願いは叶わない。

「……考えとく。気を遣ってもらって悪い」

「エマたそは、いいナオンだからこんくらいできてトーゼンよ」

するとエマは愛嬌をふりまいて、手でハートマークをつくってみせた。

「じゃね。あたしの蒼志」

教室を去っていく最後の一瞬、エマの肩に青い陽炎を発見したことで俺は悟る。

この学園のどこかで、死んだはずの青春がまだ息をしているのかもしれない――一人きりになった教室で、そんなことを考える。

それぞれが立てた帆に新たな風を受け、漂流していた現在地から動きだした。

俺だって、ここに長居していられない。

推進力を得た足は、逃げだしてしまった場所へ向いた。


シェアハウスに戻るとカレンが荷物をまとめたキャリーバッグに、ショートケーキのいちごみたいに座っていた。

「本当に悪かった！」

それが、開口一番にでた言葉だった。

「勝手に部屋に忍びこんで、しかも、動画まで撮ってしまって――」

「ええ、正直びっくりしたわ」

「しかも、バレたらテンパって、ろくに説明もせず逃げちまった」

「そこは、私にも非があるというか……。もう、その件については、あまり思いだしたくないというか……」

「――って」

「なに？　どうしたの？」

　客観的に自分がしでかしたことを顧みると、一つの事実が浮かびあがってきた。

「……俺のムーブ、完全に変質者じゃん」

　カレンが「本当にね」と笑ってくれたので、俺はいくらか救われた。

「まぁ、私はその変質者を誘惑しようとしたのだけど」

「よかった。相対的に、俺はノーマルということで」

「調子に乗らない」

　むっとした表情さえも麗しいカレンに、頬をつねられる。

　ひどくぎこちなかった空気が、少しだけほぐれた気がした。

「でも、私の方こそ、混乱させるような真似をしてごめんなさい」

「いや、カレンはなにも悪くないよ」

「同棲最終日だったから、自分でも知らないうちに焦《あせ》っていたんだと思う――なにか、特別なことを起こさなきゃって」

　同棲最終日というワードが、俺の心に波紋をつくる。

多分、カレンも似たようなことを考えているんだと思う。

「……蒼志くん、告白からは逃げないわよね？」

確かめざるを得なかったというように、カレンは神妙な面持ちで尋ねてくる。

元々、番組のリスナーだったからこその危惧だった。

ボクセツの告白は「時間まで姿を現さない」ことも、交際を断る表現の一つとして認められているのだ。

「そんなことはしない。必ず、俺の言葉で気持ちを伝えるから」

「それを聞いて安心した」

カレンは頰をほころばせる。細めた目の曲線がきれいだった。

「蒼志くんとの同棲生活は、毎日がきらきら輝いていたわ」

「さすがに大袈裟すぎないか？」

「大袈裟じゃない。私にとっては、それくらいかけがえのない日々だった」

カレンは去っていく季節を惜しむように息をつく。

「でも、私は一生に一度しかないこの夏を、もっと長く蒼志くんとすごしたい」

「……カレン」

「ごめんなさい。このままじゃ、わがままばかりいって困らせちゃうわね」

カレンは潔く立ちあがって、キャリーバッグの持ち手を握った。

次にカレンと顔を合わせるのは来週の撮影日。

ボクセツの聖地で、だ。

「それじゃあ、ボクセツシートで」

「ええ、ボクセツシートで」

見送りにでた玄関で、俺たちは手をふり合って別れた。

俺も荷物をまとめ、三日間でたくさんの思い出が詰まったシェアハウスを後にする。

地元に帰る電車の中で、物思いに沈んだ。

脚本をとりだし、最後のページを開く。

——不動蒼志が如月カレンに告白し、二人は本物のカップルになる。

そこには、うんざりするほどありきたりなハッピーエンドが記されていた。

蜃気楼《しんきろう》の最中をさまよっているように、自分の進むべき方角が定まらない。

来週の撮影では、この脚本を無視してカレンとの関係を断ち切るべきなんだろう。

そうじゃなきゃ、カレンの純潔をボクセツの汚濁から、そして、いつ魔が差してもおかしくない不動蒼志から遠ざけるために闘ってきた意味がなくなる。

これから、俺が真剣に向き合わないといけないのは、明日香とエマだ。

そこまでわかっていながら、俺は明確な答えをだすことをためらっている。

うまく回らない頭を冷やすように、電車の窓に額をくっつけた。

　三人の魅力的な女の子に奪われた心をとり戻すことができず、自分が散り散りになっているように考えがまとまらない。

どうするのか、どうしたいのか――この期におよんで、バカな俺は葛藤していた。

こんな時、心惹《ひ》かれた物語の登場人物たちはどんなふうに、二度と戻らない瞬間の連続を生きていただろう。

もう一度、彼らの軌跡を目に焼きつけたくて、学園青春ラブコメを読み返した。

触れることは叶わない世界で、青春を生きる主人公たちの気持ちがほんのちょっと――

いつもより、ほんのちょっとだけわかる気がした。

第七章　青春はまだ終わらない

撮影前に、こんな気持ちが落ち着かないのは久しぶりのことだった。

普段より早い電車で、学園の最寄り駅に到着する。

駅前にでると、いつも以上に騒がしかった。

不満げな顔をぶらさげた人々が一塊に集まって、炎天下の中でなにかを訴えている。

キャップを深く被り、物々しい雰囲気を横目に駅裏にある駐輪所へと向かった。

通学用の自転車を動かそうとすると、パンクしていることに気付く。

「……ついてねぇな」

売れまくった妬みから不特定多数のメンバーから嫌がらせを受けてきた俺《おれ》にとって、こんなトラブルは慣れっこではあったけど、さすがにタイミングが悪い。

——駅前で、タクシーをつかまえるか。

ロータリーへ向かおうとして、室外機が音を立てる路地を横切ろうとした時だった——何者かの手が、俺の肩をめがけて伸びてきたのだ。

反応が遅れて、体を逃がしきれない。

落ちたキャップを残し、俺は路地に引きずりこまれた。

連れこまれたのは、ビルが乱立する繁華街のデッドスペースというべき空き地だった。

「よぉ、こんなところで奇遇じゃーん。顔だけ野郎のヤリチン蒼志《あおし》くぅん」

神経を逆撫でするような声に迎えられ、俺はあごをあげる。

手下を従えて待ち構えていたのは、見覚えのある男だった。

フリースロー対決をした時、カレンを罠《わな》にはめようとしたグループの主犯格だ。

なるほど、なるほど、パンクしてたのもそういうことね。

「はぁ、くだんな……」

「おい、シカトこいてんじゃねえよ」

「怖くて、ふるえあがってたんだよ」

やっと、俺が会話に応じると、リーダー格の男の口元が満足げに歪《ゆが》んだ。

「お前、如月《きさらぎ》に告白するんだってな。いいのかよ？　もうすぐ、撮影が始まっちまうぞ」

「ご忠告どうも。でも、少し遅れそうになった方がドラマチックだろ？」

「余裕ぶんなって。焦《あせ》ってんのが見え見えだぞ」

邪悪な笑みを張りつけながら、男子メンバーたちが俺をとり囲んだ。

「如月を横取りされた時から、ずっと、この瞬間を楽しみにしてたんだよ！　お前の絶望した顔をいたぶるのをなぁ！」

今日イチの声量で叫ぶリーダー格の男。あーあ、完全に気持ちよくなってんじゃん。

ネクタイをゆるめ、俺も臨戦態勢をつくった。

瞳孔が開いて見えるように角度を調整したのは、ボクセツで染みついた演出過多の悪癖がでたせいだ。

やっぱり、俺は天然物のヒーローにはなれそうにない。

「──さっさと、こいよ。こっちは女を待たせてんだ」

一瞬だけ呆気《あっけ》にとられた後、男子メンバーたちは我に返ったように突っこんでくる。

火の粉を払うためとか、女子にモテるためとか──そんなくだらない理由で、体を鍛えてきたわけじゃなかったのにな。

俺も初めは、こんな遠いところへやってくるつもりなんてなかったんだ。

春磨《はるま》という一年生エースに引っ張られるように、野球部は県大会を勝ち進んでいった。

強豪校といわれながら、長らく越えられなかったベスト8の壁を突破したのだ。

春磨と一緒に、怪物ルーキーコンビと名前が売れていくのが気持ちよかった。俺もバッターとして、四番を打たせてもらっていたから。

事件は、優勝を意識する中で起こった。

野球部が廃部したのだ——準々決勝を、二日後に控えた時のことだった。

最後の日、俺と春磨は荷物をまとめて部室から引きあげた。

茜に染まった無人のグラウンドをながめていると、虚しい気持ちになる。

「まさか、強豪校の野球部がつぶれちまうなんてな」

「うん、僕らの季節の影響力ってすごいんだね」

当時の俺は、恋リアに欠片《かけら》の興味もなかった。

ただ、そんな俺でも、僕らの季節——通称ボクセツという番組が高校生を熱狂させているのは、なんとなく知っていた。

そして、そのボクセツが大規模なオーディション番組を始動させたのだ。

アオハルの楽園に魅了された、全国の高校生たちが我先に応募した。俺たちの野球部も、例外ではなかったらしい。

社会現象ともいうべきボクセツの流行により、スタジアムを湧《わ》かせるはずだった怪童が、コンクールで称賛をあびるはずだった天才が、将来を嘱望《しょくぼう》される俊英《しゅんえい》が、本来の居場所を離れてブラックホールのごとく湘南へのみこまれていく。

ボクセツ人気の煽りを受けて全国模試の平均点低下や、廃部に追いこまれる部活が後を絶たないとは聞いていた。

だけど、心のどこかで、俺たちには関係ないと思っていたのに——

大人が投じた莫大な金と10代の射幸心が集まって生みだされた怪獣に、思い描いた未来を木《こ》っ端微塵《ぱみじん》にされてしまった。

挫折感を覚える間もなく一方的に——死ぬほど悔しいはずなのに、俺はまだ涙も流せていなかった。多分、春磨も同じだったんだと思う。

「蒼志は、明日からどうやってすごすか決めてる?」

「いや、特に決めてねぇよ」

打ちこんできたものを奪われ、次にどうするかを考える気力なんて湧かなかった。

「——だったら、僕と一緒にこない?」

春磨がふり返りもせず口にした言葉に、不穏なものを感じる。

なにかを察したように、風がざわざわと忙しなくなった。

今ならわかる。春磨の人生に初めて挫折をもたらしたのは、ボクセツだったのだ。

「この世界のどこかで、同じくこんな最期を迎えなきゃいけない人がいるんだとしたら、夢を踏みにじられた一人として問わなくちゃいけない——ボクセツの存在意義を」

「……存在意義?」

「僕たちを、こんな目に遭わせたボクセツに乗りこもう。そして、そこが存在するに値しない場所だったら——僕と蒼志で復讐するんだ」

後日、俺と春磨はボクセツのオーディションを通過することになる。

そこで、どんな運命が待っているかも知らずに。

喧嘩《けんか》は、すぐに決着がついた。

地べたに這いずっているのは、グループの連中たちだ。

「今回は商売道具の顔は勘弁してやったけど、次はこうもいかないからな」

胎児のような格好で、痛みに悶えるリーダー格の男に声をかける。

「お前、なんなんだよ……!!　俺たちのほしいもの、なにもかも一人で手に入れやがって……!!　いい加減、目障りなんだよ……!!」

他人からは、不動《ふどう》蒼志という人間はそんなふうに映っているんだな。

誰《だれ》よりも醜い心の中を直接、見せることができたらいいのに。

でも、そんなことは不可能で、彼らとは一生わかり合えないだろうから、俺は嫌われるための憎まれ口を叩《たた》く。

「体の鍛え方が違うんだよ。お前らより、女子の前で脱ぐ機会が多いんでな」

路地裏を駆け抜け、駅前へ舞い戻る。

一秒でも早く、学園へ移動する手段を見つけなければいけなかった。

その時、怒鳴りつけるような声が飛んでくる。

「ボクセツの不動蒼志がいたぞ！」

駅前で、集会を開いていた連中に見つかってしまった。

ここに至って、素顔を隠すためのキャップを落としていたことに意識が回る。

あっという間に、鬼の形相をした人々に行く手をふさがれてしまった。

そして、中年の男が進みでてきて、彼らの総意を代表するように叫んだのだ。

「我々は、僕らの季節の撮影の中止を要求する！」

これが、人気メンバーがボクセツのお膝元《ひざもと》である湘南で素顔をさらして歩けない理由だ。

彼らは、ボクセツの撮影に反対するアンチ集団だ。

ボクセツによって廃部に追いこまれた部活顧問や、勉強に見向きもしなくなった生徒に危機感を覚える教育関係者や、子供への悪影響を案じる保護者たち。

俺に非難の目を向けてくるのは、大人だけじゃない――一緒に夢を追う仲間を奪われた、高校生たちも含まれていた。

「――蒼志⁉」

久しぶりに聞いた声が鼓膜を打って、うつむけていた顔をあげる。

俺を凝視していたのは、かつて、同じ野球部に在籍していた友人だった。

「お前、いったよな⁉　ボクセツに復讐するって！」

一年ぶりに出会ったのに、二言目に放たれたのは敵意に満ちた言葉だった。

「それなのに人気がでた途端、ボクセツに寝返りやがって！　いい身分だよなぁ！　俺たちがどん底でもがいている間、お前と春磨はなに一つ不自由のない生活を手に入れて！」

罵倒に打ちのめされる。強い日差しにじりじりと焼かれ、嫌な汗が頬《ほお》を流れていく。

今、はっきりと理解した。きっと、理由なんてなんでもよかったんだ。

今日の占いが最下位だったとか、最高気温を更新して外にでるのもダルいとか――俺は心のどこかで、カレンとの告白から逃げる口実を探していた。

だって、交際を断る際に、カレンの悲しむ顔を目に焼きつけないといけないから。

だから、俺は妨害の連続に遭いながら、本当のところでは安堵《あんど》しているのだ。

自分がかわいいだけの人間の思考――俺は、どこまでクズに堕ちればいいんだ。

「お前は最低なやつだ！　野球部の仲間は誰一人、お前を許さない！」

そうだな。愚か者の末路として、当然の報いだと思うよ。

「お前がしがみついているボクセツも、クソの肥溜めだ！　おままごとのために、数えきれない人たちを不幸にしやがって！」

ボクセツの裏側を知っている俺は、なにも反論できない。

「ボクセツで活動しているやつらだって、みんなゴミだ！　一人残らず金に目がくらんだ、嘘《うそ》つき野郎じゃねえか！」

今まで出会ってきたメンバーたちの顔が思い浮かんでは、消えていく。

どいつもこいつもアンチに糾弾されるのも仕方ない、性根が腐ったやつらだ。

それには、もちろん不動蒼志というケダモノの親玉も含まれている。

「そんな場所で、本物の青春が生まれるはずないだろうが！」

俺だって、それをずっと確かめたかった。

だから、あの学園では青春が死んでいると悟ってからも、ボクセツにしがみついた。

醜い嘘を幾度も目の当《ま》《あ》たりにした。ヘドロの中をもがいているうちに、自身の心に二度と落ちない汚れを負った。

過去の記憶が、叩きつけられた罵倒を受け入れろとささやいてくる。

……でも、待て。本当にそうか？

確かに、ボクセツは吐き捨てられたガムみたいな偽物に満ちている。

それでも本当に時々、青春の地獄の底で、息をのむほど美しい「本物」に巡り会えた。

たったそれだけで、千の絶望を肯定できそうなほどの。

ちゃんと叶《かな》わなかったけど、明日香《あすか》に初恋を捧げることができた。

エマだけが身に宿すことができる青春のきらめきに、この胸は何度でも高鳴る。

そして、今年の夏、俺はカレンという不思議な女の子に出会った。

あの直視したら目がつぶれるような純白は多分、一生忘れることはないだろう。

そして、着色料と添加物ばかりの恋路が売買されるボクセツに飛びこみながら、あいつは今も自分だけの青春を生きている。

きっと、それは奇跡と呼ぶに値するものだ。

そんなものを赤の他人から、簡単に否定されていいのかよ？

俺が必死に守ろうとしていたものは、そんなチンケなものだったのか？

そうじゃないだろう。俺は、カレンの中に見出した光に、どうしようもないほど心奪われたからこそ——

セミが横たわる灼熱のアスファルトに貼《は》りついていた視線がもちあがる。

きちんと対峙《たいじ》した、かつての仲間、そして、周囲の大人たちの顔はひどく歪んでいてモンスターのように映った。

俺はこんなやつらに引け目を感じて、恐れていたのか。

「な、なんだよ？」

「お前のいう通り、ボクセツなんて青春の掃き溜めなのかもしれない」

言葉が自然にあふれてくる。どんなにあがいても、解き明かせなかった心の輪郭が明らかになっていく。

「だけど、まだそこで本物を手に入れようともがく、諦《あきら》めの悪いやつらがいるのを知ってんだ。そいつらが一度しかない季節を手放さない限り、ボクセツを無価値とはいわせない」

「え、えらそうにすんな！　お前に、俺たちを説教する資格があんのかよ⁉」

「そうだな。この中で、一番のバカは間違いなく俺だ」

メンバーの誰よりも長く、カレンという女の子を見つめてきた。

しかも、花束《はなたば》みたいな好意まで寄せてもらって。

それなのに、俺はカレンの真《ま》っ直《す》ぐな気持ちから逃げる気でいた。

あいつを偽りから解放するという、それらしい大義名分をふりかざして。

結局のところ一番、カレンの純真を蔑ろにしてたのは俺じゃねえか。

曇天が晴れ渡っていくように、はっきりとカレンに会いたいと思った。

最後まで結論をだせなかった告白の答えは、あいつと見つめ合った時の心に聞けばいい。

こんなところで、立ちどまっているわけにいかない。

「——どけよ。邪魔するってんなら力尽くで通る」

かつての友人が、そして、大人たちが気圧されたように一歩退いた。

その瞬間だった。けたたましいブレーキ音を響かせて、軽自動車が路肩へとまったのだ。

「乗れ、プレイボーイ!」

ドアが開き、運転席から呼びかけてきたのは若葉《わかば》先輩だった。

ゆく手を阻む腕をかいくぐって、俺はつんのめるように車へ乗りこんだ。

「さっさとシートベルトを締めろ!　だすぞ!」

車が発進した反動で、体がシートに押しつけられる。

「先輩、免許なんてもってたんですか⁉」

「つい先日、お情けでな！」

「お情けってなに⁉　道路交通法に、そんなものもちこむな！」

「喋《しゃべ》りかけんな！　手元が狂うだろうが！」

若葉先輩はハンドルを握りしめ、余裕のない表情で前だけを見つめていた。

「ったく、主役が姿を現さないから学園は大パニックだ！　世話のかかるやつだな、お前は！

私がいないとなんにもできやしねぇ！」

「……校長に頼まれて、迎えにきてくれたんですか？」

「あんな悪趣味な女のいいなりになるか。私は、私の意思でしか動かねぇよ」

俺が不可解な顔をしているのに気付いたのか、若葉先輩はニヒルな笑みをこぼした。

「ったく、私も歳《とし》をとって焼きが回ったもんだ。まだ、ピチピチの20歳だけどな。はは っ、こ
こじゃ20代は年寄りか」

「どうして、俺のために……？」

ハンドルへ打ちつけていた指がとまり、若葉先輩は前髪をかきあげた。

こういう大人びた仕草を目にするたび、俺よりもお姉さんなのだと思い知らされる。

「お前、どうして自分が、学園中のメンバーから毛嫌いされてるか知ってるか？」

「嫌われてること自体、初耳なんですけど」

「しらばくれてんじゃねぇよ。不動蒼志の日ごろからの蛮行が目にあまって、ある男子グルー

プが妨害計画を企てたっていう情報も入ってんだぞ」

「さすがですね。アンチに囲まれようが、先輩が味方なら心強いです」

「残念だが、私も心情的にはアンチ側の人間だ」

マジかよ。デレて損したわ。

でも、だからこそ不思議だった。若葉先輩の行動は、自分の発言を裏切っていたから。

「嫌われて当然の立場にいることを自覚して、謙虚に生きてるつもりなんですけどね」

「違えよ。お前は目に入るだけで、私らの心をかき乱すんだ」

「存在するだけで罪とか俺、かわいそうすぎません……？」

「わからないか？　ボクセツで一通り活動した結果、この学園には偽物しかないと見限って青春を安売りしたメンバーが、かつてのどから手がでるほどほしかった特別な青に袖《そで》を通すお前を目撃した瞬間の衝撃と後悔を」

「は？　なにいってるんですか？」

「不公平な話だよな。青春は死んだとかほざいてるやつが、誰より群青色の時間を生きてるように映るなんて。お前に会うたび、胸がしめつけられるんだよ――汚れることを選んだ、あの夜に戻りたいって」

思ってもみなかった言葉をかけられて、目を丸くすることしかできない。

「お前のことは大嫌いだ。だけど、同時に目を離せないんだよ。とっくの昔に私たちが諦めた未来を、まだ性懲りもなく追ってるお前がどこに辿《たど》り着けるのかを」

頭の悪い俺は、それが不器用なエールだと気付くのに時間がかかった。

「だから、私たちの亡霊を背負って進め！　お前まで立ちどまったら、このクソみたいな学園がもっと退屈になるだろうが！」

危なっかしいドライブの末に、車が学園へ到着する。

「しくじった先輩として、無料で忠告してやる！　通りすぎたら最後――青春は二、度、と、帰っ、て、こ、ね、え、ぞ！」

追い風が強く吹いている。親愛なる先輩に深く頭をさげて――

俺は、全力疾走で青春の楽園に続く校門をくぐった。


時間的に、すでに撮影は始まっているだろう。

カレンはボクセツシートに腰かけて、俺の到着を待っているはずだ。

後は告白失敗と見なされる前に、辿り着けるかの勝負になる。

それは、重々承知している。一秒が、金銀財宝より貴重なのもわかっている。

その上でなお、俺を象る全細胞が足をとめろと命じた。

正面玄関に続くアプローチから、見渡せるグラウンド――そこのバックネットに寄りかかる春磨の姿を見つけてしまったのだ。

しかも、あの夏、一緒に追いかけた白球を手にしながら。

「――やぁ、蒼志」

導かれるようにグラウンドへおりた俺を、春磨はいつも通り迎えてくれる。

ただし、今日ばかりは、その柔和な微笑みの奥に鋭利なものを忍ばせていた。

「僕、深追いするなっていったよね。如月さんのこと」

「あぁ、覚えてる。でも、悪い。気持ちをおさえられなかった」

「それは、脚本のためにつくった偽りの感情かな？」

「いや、俺の意思だ」

春磨はふいを突かれたように目を見開く。

だけど、次の瞬間には祝福するような、罪悪感を覚えたような――曖昧な表情で、くしゃっと笑った。

「なら、どちらも譲れないね。蒼志には悪いけど」

「気にするな。お前は、ボクセツの守護者なんだから」

確かに、春磨は復讐のためにボクセツへやってきた。

だけど、野心を成就させる前に、そのカリスマ性が視聴者の目に留まってしまったのだ。

才能を見出された春磨は、ボクセツの支配者である校長と世界の半分を分け与えられるような密命を交わすことになる。

かつて、春磨が命運を握った「高校の野球部」という限定的な世間より、はるかに巨大な世界の統治を任された春磨は、ここが規格外の才覚を発揮する場所だと悟り、ボクセツの守護者として生きることを決意した。

いや、それ以前に、春磨は知ってしまったのだ。

ボールも飛ばない、バットもふらない――それでも、ボクセツは10代の命が、人生を変えようと真剣勝負を繰り広げる試合場なのだと。

春磨は指でスピンをかけるように、白球を宙に舞いあがらせた。

「一打席勝負だ。僕がピッチャーで、蒼志がバッター――僕が勝ったら、如月さんへの告白は諦めてもらう。異存はあるかい？」

「ねえよ。さっさとやろう」

かつて、なにより情熱を注《そそ》いだ野球でぶつかることを選んでくれた春磨の真摯さに礼をいいたいくらいだった。

立てかけてあったバットを手にとり、肩の筋肉をほぐすようにストレッチをする。

そして、いつ描かれたかもわからない、かすれたバッターボックスに立った。

フォームをつくり、何回か素振りを行う。

マウンドに目をやると、春磨が足先を払うようにして土をならしていた。

「肩はつくっておいたんだ。蒼志がよければ、すぐにでも投げこめるけど？」

「そりゃありがたい。実は、あまり時間がないんだ」

すでに、春磨は真剣勝負に挑む男の目をしていた。

柄にもなく、俺の体を巡る血も煮沸する。

かつて、夢半ばで散った一年生エースと、一年生主砲がボクセツの懐《ふところ》で対峙するなんて夢にも思わなかった。

「――いくよ、蒼志」

「――こいよ、春磨」

マウンド上の春磨が始動する。

もちあがったシューズの底からはがれ落ちる土を確認できるほど、今の俺は集中していた。

記憶に焼きついた通り、春磨の投球フォームは一切《いっさい》の無駄なく流麗で――

そこから、放たれるストレートは凶悪な威力を誇っていた。

鋭い球筋に、まったく反応できない。

「ワンストライクでいいかな?」

「……あぁ、文句なしだ」

間髪を容れず、二投目が放りこまれる。

正直なところ、まだ目が追いついてない。それでも、バットが反応した。

錆びついた感覚を叩き起こすように、全身全霊でスイングをかける。

乾いた打球音が響いた瞬間、手に強烈な痺《しび》れが奔《はし》った。

目で追った白球は、ファウルゾーンを力なく転がっている。

バットを体に巻きつけるような俺のフルスイングを目の当たりにして、春磨も珍しく泥くさい笑みを浮かべた。

「打席に立つ蒼志を見るたびに、いつも不思議に思ってたよ——そんな全力でふって、よくコンタクトできるね」

「前に飛ばしたら勝ちだっけ？」

「まさか。そんなの蒼志にとっては易しすぎるでしょ？」

「お前は、昔から俺を買い被《かぶ》りすぎなんだよ」

この瞬間だけはしがらみを忘れたように、春磨はくもりない笑顔を見せる。

だから、俺も同じ高揚を覚えていることを伝えるため、晴天を衝くようにバットを構えた。

「楽しいね」

「あぁ、楽しいな」

交わす言葉数こそ少ないのに、春磨の気持ちが痛いくらい伝わってくる。

もし、ボクセツに出会わなければ、こうやって春磨と無邪気に野球を続けていた未来もあったのだろうか——そんな、甘い幻想に浸ってしまいそうになる。

だけど、夢は終わった。

子供でいられなくなった俺たちは、楽しい時間が永遠に続かないことを知っている。

もう、あのころのように春磨と心を重ね合わせて歩いていけない。

今の俺たちは、ボクセツの不動蒼志と世羅《せら》春磨なのだから。

俺の心の移ろいを汲んだかのように、春磨は頷《うなず》いた。

ぎらつく太陽を王冠のように頂きながら、春磨が投球モーションに入る。

投じられたのは、唸《うな》るような剛速球──魂がこもった、ウイニングショットだった。

──春磨、やっぱ、お前すげぇよ……!!

春磨の全力に応《こた》えるように、もてる限りの力を尽くしてスイングをかける。

普段は恥ずかしくて口にできないけど、俺は今も春磨を心から尊敬していた。

自分を絶望に追いこんだボクセツを、必死に守ろうとしている──そんな矛盾を抱えながら、信じる道を進もうとする姿はかけ値なく格好よかった。

ページがすりきれるほど読んできたラノベにでてくる主人公のように憂いを帯びて、直視できないくらいまぶしくて、時に心がかきむしられるほど儚くて──

お前がいてくれたから、俺は偽物だらけの世界で青春を諦めずにいられたんだ!!

こみあげてくる獅子吼《ししく》を、もう我慢しなかった。

「うらぁあぁぁぁぁぁぁあッッ!!」

結果がどうなろうと一片の悔いも残さない、決死のフルスイング。

がむしゃらなバットの軌道へ、奇跡みたいに白球が重なって――
澄んだ打球音が、夏の隅々まで響き渡った。
打球は放物線を描いて、あの日見たような入道雲へ吸いこまれていく。
春磨は白球が消えた夏空を見つめたまま、しばらく動こうとしなかった。
俺もバットを手放し、ふりしきる蟬時雨《せみしぐれ》と胸をしめつけるような感傷を浴びる。
やがて、春磨は心の整理をつけたように向き直り、たった一言口にした。
「いきなよ、蒼志」

校内を全速でひた走る。
タイムリミットが迫っていた。もう、いつ撮影が打ちきられてもおかしくない。
このまま、走っていて間に合うのか――そんな疑念が頭を過る。
屋上への最短距離を外れ、直感のまま目についた部屋へ飛びこんだ。
そこは、放送室だった。
まだ機材が生きていることを願って、手探りで装置を操作していく。
スピーカーからかすかなノイズが流れるや否や、マイクに声を吹きこんだ。
「カレン、聞こえるか⁉　俺だ！　蒼志だ！　もうすぐ、屋上に着く！」
校内放送で呼びかけても、返事がないことはバカな俺でもわかる。

それでも、屋上でカレンが耳を傾けてくれている気がした。

「……カレン、そっちに向かう前に聞いてほしいことがあるんだ」

突如始まった恥さらしのような放送を一体、どれほどの人が聞いているのだろう。

だけど、今は百人にこの声を嘲笑されようが、たった一人に届いてくれればいいと思えた。

「前のシーズンで、俺は大切な人に初恋を捧げた。だけど、最後の最後で、その気持ちに嘘をついてしまった。それ以来、俺は青春の地獄に堕ちた——本当は、お前の隣にいることも許されない人間なんだ」

きっと、春磨は俺が孕む危うさを見抜いたからこそ引きとめてくれたのだろう。

これから、俺がしでかそうとしているのは、学園のど真ん中に爆弾を投下するような——ボクセツへの反逆なのだから。

「きっと、撮影の中で、俺はカレンが疑問を覚えるような行動をしてきたと思う。その時の俺はお前に見えないことをいいことに、軽蔑《けいべつ》されて当然なことをしていた。不誠実な関係を断ちきれず、刹那的な快楽におぼれていたんだ。そして、今はこんなところで、なにもかも暴露して二人の女の子まで傷つけている」

じくじくと血を流す心を奮い立たせ、嘘偽りない言葉をしぼりだす——本当にごめん。明日香、エマ。

「俺は最低なゴミ人間だ。人望もなければ甲斐性もないし、平気で嘘をつく。こんな暴露をした以上、ボクセツのキャリアも危うい」

今ごろ、怒り狂った校長が、放送室を占拠したテロリストをとり押さえろと声を荒らげているかもしれない。

だって、俺はボクセツに脚本が存在することを暗ににおわせてしまったのだから。

エゴの塊と呼んでくれていい。史上最低なメンバーとして、番組が終わりを迎えるまで語り継いでくれてもいい。

だから、今はこの衝動に殉じさせてくれ。

「――でも、こんな俺を許してくれるなら、もう少しだけ屋上で待っていてほしい」

伝えたい想《おも》いをすべて言葉にして、マイクのスイッチを切った。

覚悟を決めて、放送室のドアを開け放つ。

廊下には、騒ぎを聞きつけたボクセツメンバーが集まっていた。

人気メンバーの地位をドブに捨てた物好きを一目見ようと、好奇に満ちた眼差《まなざ》しを突き刺してくる。

きっと、ボクセツの出演者として本能的に察したんだと思う――さっき、校舎中に響いたのは真実なのだと。

それは偽ることが常識と化した青春の楽園では、真っ先に捨て去るべきお荷物だ。

だからこそ、みんな、見届けたくなったんじゃないだろうか。

金にもならない、有名にもなれない、ただ表現するだけで痛みが伴う「本当」に徹した大バカが、この学園でどんな最期を迎えるのかを。

今なら、おぼろげながらわかる。

ずっと憧《あこが》れてきた学園青春ラブコメと、この学園でいたずらに咲き乱れる青春とは、なにが違うのか。

——俺たちの青春には、模範解答が与えられている。

自分の意思で選びとらなくても、大人が用意した答えに従えば莫大なお金やフォロワーを得ることができた。

間違うことを過剰に恐れる俺たちはそんな「正解らしきもの」に縋り、間に合わせの青春を粗製乱造するようになったのだろう。

だけど、物質的な豊かさは、心の深いところまで染みこんでいかない。

なにもかも手に入れた勝ち組の顔をして、そのくせ胸の内はなに一つ満たされていなくて、なにが渇きをうるおしてくれるのかさえわからないまま、ボクセツドリームが放つネオンの輝きに目眩ましされて生きている。

そのせいで、俺たちは、自分の心と向き合う力を失ってしまった。

だけど、魂をゆさぶられた瞬間を思いだせ。

何度も読み返してきたラノベに、そこで本当の命を宿したように生きるキャラクターたちに、前もって答えなんて与えられていなかった。

だからこそ、彼らは時に目も当てられないほど間違い、明後日の方向を正解と信じて茨《いばら》の道をゆくかのごとく傷ついていった。

未成熟で、拙《つたな》くて、無力であろうとも青の中枢への歩みをとめなかった。

そんな無垢《むく》な姿が、答えなんてわからずとも欲するものに手を伸ばすがむしゃらさが、俺にはないすべてを携えているようでまぶしかった。

ボクセツで魂を濁らせた俺では今更、敬愛する学園青春ラブコメの主人公にはなれないかもしれないけど——

完全に無理だと諦めきれるほど、聞き分けのいい大人にはまだなりたくないんだ。

どうか、確かめさせてほしい。

長いことピン留めされて、はばたき方を忘れてしまったこの美しいだけの羽で、どこまで飛んでいけるかを。

脚本なんか知らない。大人の都合なんか知らない。将来の話なんか知らない。

他人のための青春だけじゃなくて、自分のための青春を生きてみたい。

いつの間にか、俺は屋上に続くドアの前に辿り着いていた。

息を整える数秒さえ惜しんで、汗ばむ手でノブをつかむ。

夜が明けきる前に、とまってしまった青の時間よ。

もう一度だけ、動きだせ。


白飛びするような太陽の光線がふりそそぐ屋上へとでる。

俺の頬をなでた生ぬるい風が、はちみつ色の髪へとじゃれついた。

視界に入ったボクセツシート——そこで、カレンが座って待っていた。

かつて、俺が過ちを犯した場所。かけがえのないものを失った場所。

そこで、カレンと目を合わせて向かい合う。

随分、長い道のりを越えてきた気がした。

「遅れて、ごめん」

「本当よ。座りっぱなしで、お尻《しり》が痛くなっちゃったわ」

カレンは冗談めかした様子で肩をゆらした。

「——でも、待った甲斐はあったみたいね」

そうなのだろうか。正直なところ自信はない。

でも、そうであってほしいと心から思う。

「告白、聞いてくれるか？」

真剣な表情で問うと、カレンはこくんと頷いてくれた。

とっくに、従うべき脚本からは逸脱している。

居心地の悪い空白をうめるのは小手先の演技ではなくて、ここからだせと胸中で訴える裸の心だ。

「カレンとの同棲生活は本当に楽しかった。でも、このままカレンと恋人になるのは、違うんじゃないかと思ってる」

カレンは、ただ静かに聞き届けた。

「理由を聞かせてもらっていいかしら？」

「きっと、今の俺はカレンと一緒に同棲生活をすごした俺じゃないから」

ボクセツのキャリアを捨てた。後ろめたい秘密も手放した。脳内のメモリに保存した脚本も消し飛んだ。

虚構の不動蒼志をつくらざるを得なかった理由は、すべてなくなった。

だから、ここにいるのは華やかな幻想に現実を任せきりにし、ずっと奥の小部屋に閉じこもっていた臆病な一人の男だ。

「俺は、自分の意思でなにもかも失った。もう、カレンが憧れてくれたボクセツの不動蒼志じゃない。それでも、まだ好きになってくれるなら――」

いや、そうじゃないな――カレンがどうしたいのかは関係ない。

大事なのは、俺がどうしたいかだ。

口をつぐむ。カレンの澄んだ眼差しに、恥じない不動蒼志を映したかった。

「俺は、ここでカレンとの関係を終わりにもしたくない」

「うん」

「——だから、真っ新になった俺と、もう一度、出会い直してくれませんか？」

ボクセツの聖地で捧げられた、前代未聞の告白だった。

付き合うのではなく、付き合わないのでもなく、関係をリセットするという第三の選択肢が飛びだしたのだから。

明日香とエマとの三角関係に、カレンを巻きこんでいいのか？

そもそも今後、俺はボクセツに出演できるのか？

考えだせば、気がかりはいくらでもでてくる。

だけど、青春という特別な時間は、こんなわがままだって許されるはずだ——俺が愛する、ラノベにもそう書いてあった。

想いを伝えきった俺は、静かに答えを待つ。

風に吹かれながら、カレンは立ちあがった。

そして、一面の夏空を味方につけて、ひまわりのような笑顔を浮かべたのだ。

「初めまして、蒼志くん」

「————」

まるで、青春の神様に微笑みかけられたようで言葉を失ってしまう。

本当に久しぶりに、胸がときめきを覚えた。

何度も遠回りをして、数えきれないほど間違って――

学園は学園だけど、青春でもなければラブコメかもあやしい――俺の出来損ないの物語が、やっと一行目に差しかかった。


また一つ新たな伝説を刻んだボクセツの聖地が、夕暮れの中で安らいでいた。

撮影は終わり、校内にメンバーの姿はなくなっている。

そんな中、屋上には愛生《あい》が感慨深そうに佇《たたず》んでいた。

いつになく上機嫌なボクセツの支配者に、スタッフが恐る恐る声をかける。

「……ディレクターには、どこまで見えていたんですか？」

「どこまで見えていたとは、どういうことだい？」

「今日の不動蒼志と如月カレンの撮影で、なにが起きてもカメラを回し続けろと指示したのはディレクターでした」

「その通り」

「それに、この脚本、預言書のようでぞっとしました」

スタッフがとりだしたのは、蒼志とカレンの脚本だった。その最終行には――

――蒼志とカレン、カップルの関係を解消して一から関係を築く。

「そもそも、メンバーに渡すためのフェイクと、スタッフで共有する脚本の二種類を用意するなんて聞いたことがありません。そこまでする必要があったんでしょうか?」

「それがあるのだよ。投資先が蒼志ならばね」

「お言葉ですが、世羅春磨に予算を集中した方が——」

「君、主人公の資格がなんたるかを考えたことはあるかい?」

「え? カリスマ性があるとか、容姿が優れているとかですかね?」

その返答をたしなめるように、愛生は指をふった。

「私が思うに、葛藤なきものに主人公は務まらないのさ」

「葛藤……ですか?」

「その通り。春磨は若くして、世界との安定した関わり方を身に付けている。節度があって、はみださず、間違えない——だからこそ、ボクセツの守護者を任せているのだよ」

次の瞬間、愛生はこらえきれなくなったように噴きだした。

「それに比べて、蒼志を見てごらんよ。あの子は葛藤の塊さ。時に悩みすぎて、大間違いを正解と見なして衝動的に突っ走っていく。ながめていて飽きないんだよ、蒼志は」

愛生の横顔には、偏執的な愛情が滲みだしていた。

「だから、蒼志を追いこむためだったら、私はよろこんで血も涙もない鬼になろう。瀬戸際に立たされた時、彼が最期の瞬間にどんな輝きを放つのか——今の私は、その一点にしか興味が湧かないのだよ」

「……同情します。あなたのような恐ろしい人に目をつけられた不動蒼志を」

「私は、蒼志のうちに眠る主人公としての素質を愛しているだけさ。本当に恐ろしいのは、私などではなく――」

「はい？　なんですか？」

「なんでもない。さぁ、私たちも撤収しよう。もうすぐ、忙しくなるからね」

愛生は不敵な笑みを浮かべる。人の運命をいたずらに左右する悪魔のように。

屋上を立ち去る直前、愛生は夕暮れに沈むボクセツシートを顧みた。

ノスタルジックな風景は恐ろしい秘密を抱えて、黙りこくっているようだ。

「――今回、舞台にあがった登場人物の中で、一番の嘘つきは誰だったんだろうね」

不穏な言葉は、青春の神様が不適切と判断したように風でかき消された。

――蒼志、君はいつか、私に向けて啖呵を切ったよね。『俺は鳥かごに囚われて、飼い主に求められた言葉を喋るだけのインコじゃない』って。

「きっと、自分の意思で未来を選びとったと思っているんだろうけど」

愛生は嗤《わら》う――憐れむように、いたぶるように、慈しむように。

――君は、まだ鳥かごの中のインコさ。

今はなにもかも忘れて、満ち足りた気分に酔うがいい。

「君の青春に乾杯」

愛生は赤々と燃える夕日に向かって、エナジードリンクを捧げた。

エピローグ

クズ女による初恋の叶え方

Honmono no kanojo ni shitakunaru made, watashi de tameshite iiyo.

撮影終わり、俺《おれ》はカレンと同じ電車で地元へ帰っていた。

座席に投げだした体が、一日中プールで泳いだような疲労感を覚えている。

まだカレンとの会話を楽しみたい気持ちはあったけど、さすがに限界だった。

「……カレン、悪い。ちょっと寝ていいか？」

「ええ、今日は頑張ってくれたものね。駅に着いたら、教えてあげるから」

カレンの言葉も聞き終わらないうちに、俺はまどろみを受け入れた。

「――おやすみなさい、蒼志《あおし》くん」

肩にもたれかかってきた蒼志の耳元に、カレンは子守歌のようにささやいた。

手をかざしても、無防備な寝顔に反応はない。

昼と夜の境目を走る電車には、二人以外に邪魔者の姿はなかった。

カレンは妖しく微笑む――それは、蒼志に一度として見せたことのない顔だった。

「いいいいいいいいいいいいいいいいいいいい

「なにからなにまで、私の思い通りに動いてくれてありがとう」

言葉の節々が、奇跡をやり遂げたような高揚でふるえていた。

カレンはバッグを手探り、なにかをとりだす。

それは、蒼志がカレンの手に渡らないように尽力したはずの脚本だった。


新規メンバーを募集するオーディションでは、ボクセツに夢見る少年少女が己《おのれ》の価値を証明しようと奮闘していた。

多彩な個性がそろう中、審査長を務める愛生《あい》はある才能から目を離せないでいた。

奇跡的なルックスを誇りながら、永久凍土が広がっているように感情を発露させないハーフ美少女——如月《きさらぎ》・カレン・エミリアに。

他の審査員たちも、彼女を新メンバーに推していた。

だけど、金の卵には致命的な欠陥があったのだ。

「——それで、私は不合格になったのでしょうか？」

面接室に入ってきたカレンが、最初に放った言葉がそれだった。

最高統括ディレクターと一対一の面接だろうと、微塵《みじん》も委縮していない。

この豪胆さは番組向きだなと、愛生は手元の履歴書に丸を書き入れながら——

「どうして、そう思うんだい？」

「さっき、番号を呼ばれていた子が泣いていました。番号を呼ばれなかった子も泣いていました。どちらでもない私は、ここへ連れてこられました」

利発な子だなと、愛生は分析する。

「確かに、不合格という表現は不適切だね。かといって、合格でもない。正確を期するなら、君はオーディションを受けたという事実を抹消された──私の権力によってね」

「どういうことでしょう?」

「君を推していた審査員が嘆いてたよ。性格やスキルに多少難があろうが、合格させるつもりだったのに──ここだよ、ここ」

愛生は特級品質のダイヤモンドに瑕疵《かし》を見つけたように、履歴書の欄を小突いた。

「不動蒼志以外のメンバーに恋をするつもりはない──本気かね?」

「はい、本気です」

「もし、君が審査員の立場だったとして、一つの仕事しかしないとのたまう人材を採用しようと思うかい?」

ぞっとするほど整った顔立ちに、かすかな苦渋が浮かんだ。

「それが理由で不合格になるというならば、甘んじて受け入れます」

「頑固だね。二枚舌を使って、オーディションを突破しようとは考えないのかな?」

「それは、私の魂に背《そむ》く行為です」

一歩も譲歩するつもりのない態度に、愛生は呆《あき》れたように肩をすぼめる。

「そこまで、蒼志に固執する理由を聞いても?」

「初恋だからです」

カレンは臆面もなくいいきった。

「ボクセツで彼を見た時、初めて男の子に心を奪われたんです」

「そうはいっても、ボクセツはイケメンの宝庫だ――案外、ふらっと足を踏み入れたら、他に気になる男子ができるかもしれないよ?」

「それに、私には時間がないんです」

懐柔される気はさらさらないと宣言するように、カレンははっきりと告げた。

「私はもうすぐ、ドイツ国籍を取得します。日本で生活できるのは、高校卒業まで――だから、他の人に目移りしている暇も、その気もありません」

少女にあるまじき鬼気迫る表情を前に、愛生は己の目がくもっていたことに気付く。

カレンから恋慕の修羅と化すのも厭わない、悲壮な覚悟を感じたのだ。

「我々も、渋っているのには理由がある――不動《ふどう》蒼志は恋をしないのだよ」

「恋をしない? どういうことですか?」

「そのままの意味さ。明日香《あすか》と破局してから、様々な女子メンバーとのカップリングを試みたものの、いずれも恋愛には発展しなかった。蒼志は傷心を引きずり、今も恋を拒んでいる。

困ったものだよ、超人気メンバーが実質的に活動を休止しているんだからね」

「それは、私を諦《あきら》めさせるための方便ですか？」

「だとしたら、君はどうする？」

「なにも変わりません。あなたたち大人の事情も、彼が誰《だれ》かを好きになることを忘れてしまっても関係ない。私は不動蒼志という男の子に恋をしている——眠れない夜をいくつも越えてきたこの気持ちに、最後まで殉じるだけです」

迷いもなくいいきったカレンの言葉に、愛生は破顔する。

最高の原石を見つけた——そう確信したのだ。

愛生はテーブルの下に忍ばせたあるものをとりだし、カレンへ差しだした。

「これは？」

「いずれ、しかるべきメンバーが現れた時に授けようと決めていた脚本だ」

「脚本……ですか？」

「おぞましいまでの虚偽と汚濁の塊だよ。手にするなら、二度ときれいな体に戻れなくなると思いたまえ。だけど、もし、君がその脚本通りに偽りの青春を演じきり、蒼志の心を溶かすことができるというのなら、如月・カレン・エミリア——私の名において、君を最高の待遇でボクセツの舞台へ招待しよう」

愛生は口を裂き、血なまぐさい笑みを浮かべる。

ここにきて、カレンは肩がふるえるのをこらえきれなかった。

まるで、悪魔と契約を結ぼうとしているかのようだ。

誘惑を受け入れた瞬間、誇張ではなく代償として魂を奪われるだろう——カレンは、人生の岐路に立たされているのだと自覚する。

だけど、恋する気持ちに嘘《うそ》はつけなかった。

なにを犠牲にしようが、大好きな人の隣へいきたかった。

勇気を奮い立たせ、カレンは青春の地獄いきのチケットとなる脚本を手にとる。

「わかりました——私の青春を、あなたに売り渡します」


カレンの手には、あの日、犯した罪の証である脚本が握られていた。

蒼志には絶対、悟られるわけにはいかなかった——自分が純粋な恋心ではなく、用意された脚本をなぞって動いていることを。

出会い、連絡先の交換、拒絶のためのお泊まり、逆襲のキス、初ツーショでの暴走、同棲生活、そして、ボクセツシートでの告白——すべてが、シナリオに描かれた通りになった。

次々と未来を的中させていく脚本に、カレンは驚きを超えて嫉妬《しっと》を覚えた。

自分の好きな人を、ここまで知り尽くしている誰かがいるなんて悔しかったから——校長は不動蒼志に心からほれこみ、偏執的な愛をこめた眼差しを注《そそ》いできたのだろう。

——蒼志くんは私を白いとか、汚れないとかいってくれたけど。

そういう声をかけられるたび、カレンには危うく口にしそうになって、慌てて胸の奥にしまった想《おも》いがあった。

——私にいわせれば、蒼志くんの方が疑うことを知らない赤ん坊のように映ったわ。

カレンのいうことなら、蒼志はなんでも親身になって耳を傾けた。心がちくりと痛むほど、簡単にだまされてくれた。

メンバーたちは不動蒼志を非道な嘘つきだと評するけど、そんなことは決してない。

それはきっと、彼が奪う嘘ではなく、与える嘘をついてきたからだろう——例えば、とっくにボクセツに毒された私を、裏でぼろぼろになりながら守ってくれようとしたみたいに。

だからこそ、秘密の計画は順調に進んだ。

ただし、蒼志という憧《あこが》れに指先を届かせるまで、カレンは二度のピンチに遭遇した。

一度目は、蒼志と出会った直後。

まさか、向こうから校長室まで会いにくるとは思わなくて、不自然な応対になってしまった。直前まで、校長と今後の打ち合わせをしていたのも動揺に拍車をかけた。

二度目のピンチは、致命的だった。

茅ヶ崎で天体観測デートをした時、脚本を所有していたカレンは蒼志が発注した人工流星が流れることを把握していた。

だから、流れ星を見つけた時、不自然にならない程度によろこんでみせた。

だけど、あの夜、もう一つ流星が流れたのだ——正真正銘、天然の流星が。

目にした瞬間、気持ちをおさえられなくて舞いあがってしまった。

大好きな人を手に入れるためとはいえ卑劣な嘘を量産し続けた最中、ふいに目に飛びこんできた本物だったから。

配信を見返しても、二回目の流れ星を見つけた時の方がリアクションが大きくて違和感があった。蒼志に追及されなくて本当に命拾いした。

あそこが、カレンの演技が決定的にほころんだ唯一の瞬間だったのだ。

——一番の嘘つきは私。一番、汚れていたのも私。

「だけど、これでなにもかも本物になる」

カレンは無心で脚本を切り裂いていく。

細かく、執拗に——もう何人たりとも、おぞましい秘密に触れないように。

カレンは手に積もった切れ端を、罪深い生き物の遺灰であるかのように窓へ解き放った。

真っ赤に染まった湘南の海に、夏に閉じこめられた秘めごとが散っていく。

それは、カレンの初恋が成就した瞬間だった。

なにも知らず肩にもたれかかって眠る蒼志へ、カレンは親密な視線を送る。

殺人鬼に心を許してしまった、哀れな子羊のようで愛おしかった。

悪魔に魂を売ってでもほしかった現実が、ここにはある。

今なら、どんな汚い欲望をぶつけても許される——そう思うと、無防備な唇にしか目がいかなくなった。

はしたない女と思われようが構わない。ずっと、ずっと、ずっと、こうしたかった。

——だって、今の私は、蒼志くんに恋をするために生きているのだから。

「まだ、夢の中にいる君にしかできないけど」

カレンは一つに溶け合うように手を握り、蒼志の唇を奪おうとする。

「——如月さんって、そういうことを軽々しくする子だっけ?」

恍惚に目を細めて、待望のキスに備えていたカレンの動きがとまる。

視界の端には、いつの間にか二人の世界に紛れこんだ人影があった。

「……倉科《くらしな》さん」

「こんばんは、如月さん」

明日香はカレンと向かいの座席へ腰かける。

蒼志と身を寄せ合うカレンと、ひとりぼっちの明日香が視線を衝突させる。

丁度、蒼志のマンションで邂逅した二人の立場が逆転したかのようだ。

「如月さん。わたしね、ボクセツに復帰することにしたの」

「そう」

それは、紛れもない宣戦布告だった。

互いの瞳《ひとみ》に戦意の光が宿る。

「――あおくんのこと、絶対にとり返してみせるから」

「――そうはさせない。たとえ、倉科さんが相手でも」

予報通り、水平線の彼方から嵐《あらし》の気配が漂ってきていた。

青春は、まだ終わらない。

あとがき

皆様、お久しぶりです。有丈《ありたけ》ほえるです。

突然ですが、ヤングスキニーというバンドをご存じでしょうか？

僕はとても好きで、新曲がリリースされるたびに執筆時のプレイリストに入るのですが、その中でも「ゴミ人間、俺」という曲は何度リピートしてきたかわかりません。

この曲のMVでは、遊び人の男の子が複数の女の子と同時並行で付き合っていく姿が描かれていきます。

ここまで読み進めてきた皆様には、「あれ？　ついさっき、そんなやつを見たぞ」と気付かれるかもしれません。

そうです。本作の主人公である不動蒼志という稀代のプレイボーイは、この曲を聴いたインスピレーションがきっかけで生まれました。

加えて、僕は新作を構想する際、今までラノベであまりあつかわれていない要素を盛りこむのですが、それが恋愛リアリティーショーという舞台でした。

そして、なぜか高校生が主役の恋愛リアリティーショーならば、撮影場所は湘南あたりがいいなという謎の啓示がおりてきたんです。

蒼志、カレン、エマ、明日香――彼らが危険な恋に身を焦がす姿を想像しながら、湘南を巡りました。

こうした発想をつなぎ合わせて、「本物のカノジョにしたくなるまで、私で試していいよ。」という作品が生まれたのですが、過去作とはずいぶん毛色が異なり、僕にとってはチャレンジの連続となりました。

執筆していく中で、「自分ってこういうのも書けるんだ」という新たな発見があったり——創作とは組み合わせの妙であり、無限に探求できる行為なんだなと思い知らされました。

話が長くなってきたので、そろそろ謝辞を。

よちよち歩きのアイデア段階から、ここまで本作を一緒に育ててくださった担当編集ジョー様。前作に引き続き、またタッグを組めてうれしかったです。いつか、結果で恩返しできればなと常々思っております……!!

イラストを担当してくださった緋月ひぐれ様。愛らしくも官能的なキャラクターで、本作を彩ってくださり本当にありがとうございました！　ひぐれ先生がいなければ、この作品の完成はなかったと心から思います。

そして、作中の展開に悩んだ時、相談に乗ってもらった恩人へ感謝を送ります。あの時はありがとう。同じ空のした、どこかで読んでくれていたらうれしいです。

最後に、本作を手にとっていただいた読者の皆様に心からのお礼を申しあげます。

2巻も鋭意執筆中なので、そちらもぜひよろしくお願いします！

ファンレター、作品の
ご感想をお待ちしています

〈あて先〉

〒105-0001
東京都港区虎ノ門2-2-1
ＳＢクリエイティブ（株）
GA文庫編集部 気付

「有丈ほえる先生」係
「緋月ひぐれ先生」係

本書に関するご意見・ご感想は
右の QR コードよりお寄せください。

※アクセスの際や登録時に発生する通信費等はご負担ください。

https://ga.sbcr.jp/

本物《ほんもの》のカノジョにしたくなるまで、私《わたし》で試《ため》していいよ。

発　行　　　2024年4月30日　初版第一刷発行

著　者　　　有丈ほえる
発行者　　　出井貴完

発行所　　　SBクリエイティブ株式会社
〒105-0001
東京都港区虎ノ門2-2-1

装　丁　　　AFTERGLOW

印刷・製本　中央精版印刷株式会社

ISBN978-4-8156-2111-7
Printed in Japan
GA 文庫